黑袍魔法師
??歲
伯西恩・奧利維
任教於梵恩城內的魔法學院，
對預言系、元素系以及幻術系三種派系皆有涉略。
是薩蘭迪爾過去的旅行夥伴「預言師奧利維」的後裔，為其侄孫之一。
對薩蘭迪爾抱有莫名的執著。

GOBOOKS
& SITAK
GROUP©

三日月書版

三日月書版

三日月書版
novel YY的劣跡
illust Gene
光與暗之詩
Dear My Thranduil
II
薔薇與騎士

真名為瑟爾，從出生時，似乎就擁有不屬於這個世界的記憶。
在一百五十年前為了守護人類，
成為唯一一個的精靈聖騎士，也因此被精靈王驅逐。
戰爭結束後，隱居在聖城伊蘭布林，過著避人耳目的生活。

光與暗之詩

DEAR MY THRANDUIL

CONTENTS

光與暗之詩

DEAR MY THRANDUIL

CHAPTER SIXTEEN

王
國

『你看到我似乎很意外。』

法師說著，用很輕的目光掃了對方一眼，『我來拿我的報酬。』

『報酬。』

精靈重複著這個字，銀色的眼睛望向法師，卻注意到法師不再像以前那樣，回以同樣的注視。

『你想要什麼？』薩蘭迪爾問，『只要不違背原則，不違背以利的神諭。』

聽到以利這個名字，法師似乎有些厭煩地皺了一下眉。他黑色的眼睛不悅地瞇起來，英俊的面容也顯露出不快的表情。

『下次再說吧。』

法師突然轉身離開，像是完全忘了主動提及這件事的人是他自己，『反正我也不收你利息，精靈。』

從沒見過這麼任性的傢伙，擅自出現，又擅自離開。

薩蘭迪爾從回憶中回過神，這才注意到前方行進的隊伍似乎遇到了意外。

「怎麼回事？」

「大人！」艾迪從前面回來道，「前面就是進城的峽谷了，有一隊馬車和我們一樣要通過峽谷，但是他們要求先過。」

薩蘭迪爾說：「如果我沒記錯，這條峽谷的寬度足夠讓五輛馬車並行。」

「是沒錯。」艾迪無奈道，「但是對方不放心。那是一隊貴族馬車，也有騎士保護著重要的人，所以有些戒備我們。」

「那就讓他們先走。」薩蘭迪爾拉了拉韁繩，「我們等一會兒。」

「是。」

他與剩下的聖騎士們在風雪之中靜靜等待，趁這個時間，薩蘭迪爾再次打量著這座山谷。

這裡和兩百年前幾乎沒有改變，時間可以奪去生命，這裡卻似乎被靜止了。

薩蘭迪爾看著那些他熟悉的山峰，他幾乎可以默背出所有山脊的曲線。須臾，精靈微微垂下眼眸，像是害怕那些被白色冰雪覆蓋的山脈燙傷他的眼睛一般。

他們正在獸人山麓的一條山谷內前行，目標是前方的紅薔薇騎士王國。

根據伯西恩的預言及從半精靈那裡搜到的線索，薩蘭迪爾認為要調查紅龍迪雷爾以及相關一系列的失蹤案件，必須從獸人山麓查起。在調查行動開始之前，他決定先讓聖騎士們回城休整一段時間，順便在人類的國家多搜集一些情報，畢竟接下來等著他們的可是一場硬仗。

一隻成年紅龍失蹤、預言者奧利維失蹤、南方聯盟一整個村莊的人失蹤，再加上人類王國附近的一些異樣，雖然這幾件事看起來毫無關係，但是薩蘭迪爾敏感的直覺卻提醒著他，它們息息相關。

這個猜測一旦被證實，那麼背後所蘊藏的陰謀絕對是難以想像的危險。

更糟糕的是就在昨天，聖城的光明聖者送來了新的壞消息：鎮守南北邊境交界處教區的大主教失蹤了！

又是一起失蹤！這一次甚至是一名大主教！

大主教作為光明教會鎮守一方的樞要人物，掌握著一個教區裡，所有事務的決策權，甚至對教區所在地的世俗國家也有著重要影響。他的失蹤可不是一件小事，至少在人類王國，這一次的失蹤比前幾例引起了更大的波瀾。

薩蘭迪爾又想起了前方那隊貴族馬車。

在這個時候，他們恰好遇到一隊重兵守衛的貴族車馬，要從外地前往紅薔薇騎士王國。更恰好的是，這就是失蹤的大主教所在的教區，真是值得玩味。或許——

他這個或許還來不及想透，前方傳來了艾迪的一聲高呼。

「大人！那隊貴族車隊在峽谷內遇襲了！我們派誰去救援！」

他沒有問我們要不要去救援，而是問我們該派誰去救援。這些都伊聖騎士啊，是絕不可能見死不救的。

薩蘭迪爾心裡嘆了口氣。

「襲擊者有多少？」

「不多，我帶隊三四個人就可以拿下。」伊馮說。

「那就交給你了。其他人，原地戒備。」

「是！」

都伊聖騎士們迅速出擊，加入戰局。

他們的戰力不是普通人可比的，原本局面應該很快就能控制住，然而令他們意外的是，襲擊者的戰力遠比預想中的高。

當對方其中一人握著的長劍放出耀眼的火光時，紅龍雷德興奮地吹了個口哨：「好精純的火元素！」

伊馮幾人似乎也察覺到了什麼，他們騎著馬，在貴族車隊外擺出陣型，開始準備呼喚更多的夥伴前來助陣。不知是不是聖騎士們的動作使對方產生了猶疑，最終襲擊者們顧慮著什麼，選擇了撤離，伊馮並沒有選擇追擊。

「這些人怎麼能使用這麼精純的火元素？他們又不是巨龍。」對方撤離時，雷德嘀咕道。

阿奇・貝利若有所思，偷偷看了薩蘭迪爾一眼。

薩蘭迪爾沒有說話，艾迪卻在此時湊到他身旁低聲道：「大人，那些人是……」

薩蘭迪爾沒有讓他繼續說下去，因為就在此時，被他們救下的貴族車隊中已經有人出來表示感謝。

「十分感謝你們的英武之舉！高尚、美麗又強大的都伊的聖騎士們！願光明神保佑你們！」

「願都伊保佑您。」聖騎士們回道。

伊馮策馬前進幾步。

「你們似乎被人盯上了。」

出來與他們交談的是個類似管家的男子，他雖然已經年邁，卻依舊禮儀不凡，這是大家族的管家才有的風範。

這位管家點頭，略作苦惱道：

「自從離開了領地，這些卑鄙的騷擾者們就從未停下。謝天謝地，要是沒有你們的幫助，後果簡直不堪設想。」

貴族車隊自帶的騎士們都久受騷擾，疲憊不堪，有的甚至失去了馬匹，因此戰力大降，難以應付襲擊。這也從側面證明了這位管家說的話的真實性。

「幾位也是要前往紅薔薇王國吧？在下冒昧邀請不如我們同行，也好彼此有個照應。說來也真是慚愧，以我們隊伍現在的狀況，恐怕要拖累幾位了。」

話都說到這份上了，聖騎士們要如何拒絕？如果不答應同行，豈不是就背上了拋棄弱者的包袱？

見狀，雷德從鼻孔裡哼了一聲，剛才還不准他們一起過峽谷的人是誰啊？

「人類都這麼虛偽嗎？」紅龍哼哼。

阿奇小聲道：「不是啊，一部分吧，至少我就不虛偽。」

「但是我遇到的都很虛偽。」

雷德想起了黑袍法師，尤其令他牙癢。雙方簡短的相處時日裡，紅龍每次都被對方玩弄在掌心。

阿奇憐憫地看著他，心想：雷德，有時候不是對方虛偽，而是你太單純了。褒義貶義雙重意義上的。

聖騎士們最後還是和這一隊滿是傷兵的貴族車隊同行了，只是從始至終，薩蘭迪爾都沒有出面。像是早有默契般，他拉上了兜帽，由伊馮代替他負起和外人打交道的職責。這樣在外人眼中看來，伊馮才是這個隊伍的首領。

好在這位貴族管家還知道控制自己的好奇心，沒有失禮地詢問聖騎士們前往紅薔薇王國的目的，但是他卻主動提起了自己一行人的目的。

原來，他們這一次外出，是為了把家族中年幼的繼承人送往紅薔薇王國，進行深造。

這在人類國家中很常見，各地領主基本上都有將自己的孩子送到國王身邊的慣例，這個孩子就算是變相的質子。領主們以此安定國王的心，表示自己的忠誠。然而當他們真的決定叛亂時，這些質子基本上都不會動搖他們的心志，而是第一個成為棄子。

考慮到這些原因，被送來王國的一般都是家族中不怎麼受寵愛的孩子。只是不知為何，這位管家的主人卻將自己的繼承人送來王城當質子。這一路上，他們更是屢次被人追殺。

「到王城後，我一定要找驛站託人寄一封信回去。」老管家嘆息說，「領主大人一定是弄錯了什麼。」

弄錯了什麼，然後讓自己的繼承人被追殺了一路？

阿奇．貝利搖了搖頭，看了一眼自己身後的馬車，突然有些憐憫這個所謂的繼承人。可惜法師學徒的目光不能穿透結實的車壁，否則裡面那位貴族繼承人一定會被他熱忱的眼神燙傷。

「你在想什麼?」雷德走到他身邊,奇怪地問。

「你沒讀過嗎?不受重視的家族繼承人、被拋棄的棄子!這是一般冒險小說中的主角身分啊!」阿奇小聲湊到他耳邊道。

「你覺得身後那輛馬車裡的傢伙,是那什麼『主角』?」雷德像看白痴一樣看著他。

「你不覺得嗎!」阿奇目光灼灼地看著他,「一般到這種時候,主角都會遇上一位改變他命運的高手,對他傾囊相授,而我們這裡……正好就有一位!」

就在少年們竊竊私語時,伊馮趁機向老管家打聽起消息。

「既然你們是紅薔薇王國的本地人,那麼關於這附近發生的事情,先生是否有所耳聞?」

「什麼事情?」老管家問。

「是否有人突然失蹤之類的。」伊馮望著他。

老管家的臉色微微一變,隨即掩飾一般道:「已經開春了,獸人山麓的雪即將融化,那些殘忍的獸人們已經陸續返回。在這個時候失蹤一兩個可憐人,唉,也難免不會引起注意。」

「是嗎?」伊馮看了他一會兒,卻沒有多問。

兩行人過了峽谷，再騎行片刻，便逼近了目的地。

地勢陡然變得平坦，山谷向遠處散去，一片平原躍入眾人視野。

在那片連綿起伏的碧綠土地上，一座由白色山石砌成的城市出現在視野盡頭。它用白色大理石一層一層疊起基底，又用雪白的城牆將不同的城區一一劃分開，圍繞著最中心的王宮，呈圓弧狀排列。

這樣遠遠看去，在這片開闊平坦的平原上，它就像一朵迎著日光的白色薔薇，肆意舒展著自己嬌嫩的花瓣。

「到了。」有人說，「前面就是白薔薇城。」

白薔薇城，原名白薔薇騎士王國，現名紅薔薇騎士王國的首都。

阿奇·貝利遠遠看著那座美麗的城市，感嘆道：「雖然我們已經來過一次，但這景色果然還是很震撼。」

之前他們就是在這座城市裡，由伯西恩帶領著，與聖騎士們見面會合。

「是嗎？我倒覺得沒什麼好看的。」雷德說，「龍島的景色比這裡漂亮多了。我們那裡多得是各種漂亮的石頭，每頭巨龍都會用各種發光的石頭裝飾一座巢穴。」

那不是石頭，而是各種寶石吧。阿奇·貝利有些羨慕地看著他。

「巨龍們真是富有啊。」

雷德得意地哼了一聲。

就在少年們交談時，聖騎士們的隊伍已經準備與貴族車隊告別。

那位老管家道：「既然各位騎士大人們已經抵達了這裡，想必光明教很快就會派人來接應你們。那我們就不多打擾了，告辭。」

他離開之前說：「希望你們在白薔薇的行動一切順利。」

「原來他不是不知道我們來幹什麼。」艾迪看著車隊漸行漸遠的背影道，「他只是不說。」

「大主教失蹤這麼大的事，各地的領主怎麼會不知道。」伊馮蹙眉，盯著遠方馬車上的家族徽章，「進城後查一下這是哪個家族的車隊。」

從始至終，那個所謂的家族繼承人都沒有出現在騎士們的視線中。

「好。」艾迪應下。

「前方，可是聖城使者！」

就在這時，遠遠只見一隊人御馬趕來，與剛剛離開的貴族車隊擦肩而過。

他們座下的馬匹撅著蹄子，掀起一路塵埃。

「前方可是使者大人們！」

對方又問了一遍。在他們即將逼近時，伊馮策馬迎了上去。

「是的，敢問閣下是……」

「我們是臨時主教派來迎接各位的！」

領頭的騎士拉住韁繩，在聖騎士們面前隔著一段距離停下。

他身上也穿著騎士盔甲，刻印著都伊的紋路，卻不像伊馮他們一樣，用銀釦編起長髮。

聖騎士們一眼就認出這是一位還在「受戒」的聖騎士候補。

對於所有有志成為都伊聖騎士的人們來說，在歷經了十數年艱苦的訓練、從成百上千人中脫穎而出之後，還不一定就能蒙主眷顧。脫穎而出的人會成為聖騎士候補，俗稱「受戒者」。他們要在一年內遊遍大陸，行善積德，直到獲得都伊的認可，才可以回聖城聖騎士團總部接受敕封。

在所有聖騎士中，其他神明的聖騎士只要信仰虔誠，並得到教會許可，即可獲得敕封，甚至有些神明的聖騎士頭銜還可以透過捐贈教會金錢來購買。但是只有都伊聖騎士的歷練是最漫長又最難熬的，他們要接受非人的訓練，包括精神和肉體各方面的。因此，也有人稱都伊聖騎士們為苦行者。

至於以利的聖騎士，由於從古至今只有一個，所以無從比較。至今人們也不知道，薩蘭迪爾究竟是為什麼獲得了以利的青睞。

看到這一位是正在「受戒」中的兄弟，聖騎士們都放緩了態度。

「臨時主教忙於城內事務，無暇分身。正好我歷練經過此地，便帶著其他神侍們前來迎接。」這位「受戒者」帶著熱情的笑容迎接自己的兄弟們，「我叫豪斯，半年前從分部被選拔出來進行歷練。」

「豪斯。」伊馮點了點頭，「城內情況怎麼樣？」

豪斯露出苦笑：「大主教突然失蹤，教內正是一片混亂，而其他教派又趁此機會向我們施壓……」

這就是情況很不好的意思。伊馮點點頭，示意他們儘快進城，到時候再細談。

「只有你們幾位嗎？」豪斯突然四處打量起來，露出有些壓抑的興奮表情，「我聽說這一次那位大人也離開了聖城，之前不是還出現在梵恩城了嗎？他——」

他四處張望，卻失望地沒有發現精靈的身影。

「薩蘭迪爾大人在別處辦事，暫時沒有與我們同行。」

伊馮也是剛剛才察覺到薩蘭迪爾不見了。不過他並不擔心，當薩蘭迪爾不想見人的時候，他隨時都可以消失得無影無蹤。或許，大人是不想這麼招搖地進入白薔薇城吧。

雷德對天翻了個白眼，人類撒起謊來真是不眨眼。

艾迪卻想說，善意的謊言有時是必要的。

而阿奇感覺，原來都伊聖騎士們也不是都古板又不知變通。

聖騎士們帶著兩個少年，與迎接他們的教會人員離開了。在他們離開之後好一會兒，靠近獸人山麓的林子裡才踱出一個披著斗篷的身影。

他鬆開手中的韁繩，讓馬兒自由地去覓食，又回頭看了眼遠處的城牆，突然往相反的方向走去。

「這可不是進城的方向。」

一道聲音突然從他身後傳來。

瑟爾停頓了一步，隨即有些不悅道：「法師，我給你我的信物，可不是讓你隨時施法、利用它來跟蹤我的。」

一個披著黑袍的身影從樹林的陰影裡緩步走出。他的臉色還是那麼蒼白，好像溫暖的血液從來不在他身體中流淌。

「那你可以把信物收回去。」伯西恩說，「然後我們結算報酬好兩清，你也不用再委託我幫忙。」他這麼說，卻有恃無恐，不擔心精靈會這麼做。

瑟爾狠狠瞪了他一眼。

「我會的。」他說，「遲早。」

但顯然不是現在，他還有用得著法師的時候。伯西恩就是看穿了這點，才敢這麼明目張膽地挑釁他。

瑟爾不再理會這個神出鬼沒的法師，而是撥開樹叢，朝樹林深處走去。

這是一片生長在平原和山麓間隙的樹林，此時才剛從寒冬的冷意中復甦，樹梢上的嫩葉都沒能舒展幾片，動物們也都藏匿得不見蹤影。瑟爾卻像認準了方向，越走越深。

期間，法師一直不出聲地跟在他身後。兩人沒有再交流。

不知過了多久，瑟爾才放緩腳步，像是迷失了目的在樹林中的一處徘徊許久，沒有再前進。

這時伯西恩開口：「即便你假裝迷路，也不可能逃避已經存在的事實。」

瑟爾這才想起這傢伙窺見過奧利維的記憶，而這裡是當年他和奧利維一起建造出來的。

奧利維已經失蹤了，現在，法師恐怕是世上除他之外，唯一一個知道密林中真相的人。

不過，這個傢伙比奧利維刻薄多了，真看不出來他們身上流著同樣的血脈。

大概是精靈回憶的眼神太過直白，伯西恩的臉色冷了冷。

「我是我，奧利維是奧利維，不要在我身上尋找他的影子。」

於是精靈收回目光，卻也一掃之前的猶豫。他看了看天色，確定方向後再次邁步前進。

這一次不過一會兒，兩人視野中的樹林便開始變得稀疏，再向前行走一陣子，他們聽見了河水潺潺流動的聲音。

一段河水憑空出現，懸掛在他們眼前的一小片空地上。它突兀地流淌過這片被叢林包圍的空地，又突兀地消失在空地的邊緣，就像有誰施展了法術，將一條河流截斷又將它封鎖在這裡。

在靜謐的樹蔭下，清澈的河水宛如寶石閃耀，折射著密林間灑落的日光。

伯西恩感嘆：「只有親眼所見，才能感慨它的神奇。」他看向精靈，「你和奧利維究竟是布下了怎樣的法陣，才能將一段艾西河的支流截流在這裡？」

瑟爾沒有回答他，或者說，他眼中除了眼前的空地，已經沒有其他。

他走上空地中央，看著被河水滋潤的土地上有棵小小的樹苗筆挺著身姿，驕傲地舒展著枝葉。而在樹苗周圍，竟然是一片茂密的星沙草。它們神奇地違背了自己的生長規律，在這座密林中的祕密花園裡盛開不敗。

精靈走到河邊，用雙手捧起河水，澆灌在樹苗和星沙草紮根的泥土下。這樣澆灌實在太沒效率，他卻不知疲憊般地一次又一次來回。

伯西恩靜靜看著這一幕，第一次沒有遵從他嘲諷的天性，嘲笑瑟爾這個舉動。

法師知道，精靈是在祭奠。

傳說在西方樹海，在艾西河的源頭，在精靈們的家鄉，生長著一片永遠不會凋亡的星沙草。那是所有已故精靈的化身，他們的靈魂化作星沙草，永遠陪伴著自己的親人。

而失去親友的生者們日日夜夜守護著這片星沙草，不允許任何人破壞，只有在新生命降臨的時候，精靈們才會精心挑選、摘取一朵星沙草為新生兒做洗禮。

在艾西河的另一邊，則生長著一種貌似灌木的低矮樹木。它們長得很緩慢，往往要花一百年才會長到一個巴掌那麼高，卻是所有性情溫順的草食動物獲取食物的可靠來源。

這是德魯伊的墓地，相傳德魯伊會在死後會化作一棵「安魂樹」，為他們的動物朋友們提供食物和庇護，他們的靈魂也因此得到安息。

因為德魯伊和精靈們都信奉自然女神，兩者的墓地也緊緊相依，有時候精靈們會替德魯伊們種下「安魂樹」。久而久之，習慣發生了變化，精靈們也會為意外故亡的異族朋友種下一棵「安魂樹」，祈禱他們靈魂的安逸，來世的幸福。

死亡與新生，就在其中迴圈。

而這裡，千里之外的紅薔薇王國，一片不起眼的叢林裡，也有一片盛開不敗的星沙草，和一株迎風搖晃的「安魂樹」。

†††

「這是一個陷阱！」精靈們說。

「這是一個陷阱。」刺客說。

他們正面臨絕境，前進是死亡，後退是死亡，該如何抉擇？

精靈們也陷入了困境，茫然無措。

「但至少，」刺客站起身，手中匕首反射著冷銳的鋒芒，「我們還可以反擊。」

他握起匕首，對著不遠處帶著惡意與殺意的敵人。在衝入敵陣之前，他遙遙看了遠處的山峰一眼。

「我不懼怕死亡。」

刺客割開一個敵人的喉管，卻有更多的敵人圍上來。

「我甚至不絕望。」

刺客早就料到自己有一天會死在他人的刀鋒之下，卻沒想到不是死於暗殺，不是死於陰謀與陰溝，而是死於守衛一座城。

他的後背被人割傷，他握持匕首的手被火焰灼傷，但他依舊無知無覺般繼續斬殺著敵人，為身後的人們多爭取一瞬的時間，等來救援。

而刺客唯一害怕的，就是讓前來馳援的人只能看見他們的屍體。

「瑟爾！小心！」

南妮為精靈擋下一根流箭，自己卻差點被上面的惡魔之火燙傷。

瑟爾連忙用精靈魔法為她熄滅火焰，有些責怪道：「妳不用管我！我可以熄滅這些火焰，但妳不行。」

女騎士對他咧嘴一笑。

「身體的反應快過大腦了嘛。說起來，竟然只有精靈的魔法對惡魔火焰有效。還好我們這次把擅長使用魔法的精靈都帶來了，不然真不知道要怎麼應付這些惡魔之火。對了。」她問，「你視力好，現在戰況如何？」

精靈眺目遠望。

「惡魔的人數並不是很多，局面在我們控制之下。」

隨即，瑟爾又蹙起眉頭，但他卻不覺得心安。

獸人送來情報，說灰矮人會聯合惡魔襲擊他們的村莊。獸人們為此向瑟爾求助，並以此作為結成盟友的要求。

瑟爾答應了獸人們的請求，帶著大部分人馬前來援助，只留下一千名精靈和刺客貝利在白薔薇城留守。

惡魔的大舉侵襲即將開始，他希望借此能在大戰之前減少一個敵人，多收穫一個盟友。可現在，情況卻不如他之前所想。

的確有惡魔和灰矮人在襲擊獸人，但是數目卻遠不如情報中的多。可以說，這一場戰鬥結束得太輕易了，精靈心中有不妙的預感。

就在此時，負責警戒的斥候傳來驚呼。

「不好！」

「白薔薇城，燃燒起來了！」

精靈們立刻登高遠望，只見遠處被惡魔火焰燃燒的白薔薇城就像一朵被鮮血侵透的血紅薔薇。精靈們怔怔望著，有人跪倒在地，滾落的熱淚燙傷積雪。

†††

「哇啊，好多雕像。」

進城後，阿奇誇張地張著嘴，四處環顧著。

「我上次怎麼沒發現，白薔薇城的街上竟然有這麼多精靈的雕像。」

聖騎士們安靜地御馬行走在他周圍。阿奇自己觀察了一會兒，又鬱悶道：

「但是這裡有這麼多雕像，卻連一個精靈都沒有。」他說：「梵恩城雖然離西方樹海遙遠，但這幾年也偶爾會有精靈光顧。即便是南方自由聯盟的一座邊境城市，也有不少半精靈。然而這裡，這座人類城市，樹立著這麼多精靈的雕像，卻連一個半精靈都沒有。」

艾迪輕輕開口，算是解釋：「這些雕像不是普通的精靈，而是薩蘭迪爾大人。」

阿奇錯愕地看著他：「是……是因為當年的獸人山麓戰役？」

艾迪點頭：「當年如果沒有薩蘭迪爾大人和精靈們的保護，這座白薔薇城早已淪陷在惡魔的侵襲之下了，所以這座城裡的居民才會建造雕塑紀念他們。然而，這裡畢竟是一處傷逝之地，沒有精靈願意來也是……正常的。」

他說到這裡，又想起了伊馮之前說過的，光明聖者大人提起的告誡：絕不要在薩蘭迪爾面前提起過去。

薩蘭迪爾大人不願意和他們一起進城，是不是也是因為這些過去呢？

「果然！」阿奇湊過去，小聲對艾迪道，「我就知道事有古怪。那個艾斯特斯說，有一千名精靈死在獸人山麓戰役中，但我從小看到的人類史書記載中，卻沒有一個提及這些事。他們建造雕像懷念，卻不在歷史中對後人提起，是不是有點奇怪？」

雷德此時卻像變聰明了一樣，道：「有什麼奇怪的？建一座雕像不過是耗費幾塊石頭，但是寫進史書裡就等於告訴後人，他們永遠欠著精靈一千條性命。這麼一大筆人情，誰願意公開承認？」

阿奇像第一次認識他一樣瞪大眼睛。

艾迪點了點頭，道：「要不是來到聖城後閱讀了相關典籍，我也不知道這件事。不過我想人類王國隱瞞此事，或許還有別的原因。退魔戰爭後期，獸人也加入了我們的陣營一同對抗惡魔。對於獸人來說，那一場獸人山麓戰役是他們的恥辱，自然不願意被記載在人類的史書中。恐怕，這裡面也有雙方結盟後的利益交換在。」

「所以人類為了與獸人結盟，就把為他們犧牲的精靈們拋在一邊？然後假惺惺地建幾個雕像緬懷一下？」雷德不屑道，「雖然我也不喜歡精靈，不過這麼做的人類更卑劣。」

「當時退魔戰爭正值苦戰，為了生存，或許人類沒有什麼是不可交換的。」伊馮淡淡道，他這個語氣倒像是把自己排除在人類的範疇之外。當然，聖騎士們的確已經不能算是一般人類了。

「說起精靈，那個艾斯特斯不是比我們先一步出發嗎？怎麼還沒見到他們？」雷德問。

「精靈們不願意進白薔薇城，或許要等到薩蘭迪爾大人進城，他們才會主動露面。」艾迪說。

阿奇此時道：「喂喂，你們注意到沒有？從剛才開始，我就有一種被人盯著的毛骨悚然，我們是不是被人跟蹤了？」

艾迪摸摸鼻子：「有嗎？我沒感覺啊。」

聖騎士小隊長伊馮御馬先行一步，淡淡道：「大主教剛失蹤，我們從聖城出發的消息也在大陸傳遍了。現在我們到了白薔薇城，不論哪個勢力，都會盯著我們下一步的行動。」

阿奇嘖嘖點頭，暗道有理。同時他又看了一眼懵懂的艾迪，唉，怪不得有些人能當上小隊長，有些人卻只能和傻呼呼的紅龍當朋友。果然，這就是天分啊。

這一次，聖騎士們在白薔薇城的光明教會的一個教堂住下。安頓好後，伊馮便帶人去仔細詢問大主教失蹤的事情，留下艾迪在教堂內陪著紅龍和小法師。

「噯，雷德，那把劍呢？」阿奇看見雷德沒有帶著那把總是揹在身後的長劍，疑惑地問。

「那是薩蘭迪爾的劍，當然物歸原主了。」紅龍少年說，「他在離開之前就拿走了。」

阿奇蹙眉：「可是以薩蘭迪爾的實力來說，即便沒有劍也不會有多少區別。為什麼他要特地在來到白薔薇城之前，把劍取走？」

「那本來就是他的東西，他要走有什麼奇怪的。」

阿奇卻搖頭。

薩蘭迪爾之前在風起城待了那麼多天，都沒有想把長劍取回來，這次偏偏是在進入薔薇城之前要回了佩劍，怎麼想都古怪。他不經意間向艾迪看去，卻看見年輕的聖騎士神色突然變得緊張起來。

「你是不是知道什麼？」敏感的法師學徒立刻問。

「我……」艾迪支吾地道，「之前我不是在教會內，看過記載獸人山麓戰役的典籍嗎？其實那段記載中有特別標注了一段……關於薩蘭迪爾大人的。」

「他怎麼了？」阿奇追問。

「他瘋了。」艾迪怔怔道，「他那時真的像瘋了一樣。白薔薇城被惡魔偷襲，守城的精靈和他的夥伴大多都戰亡了。偶爾沒死的幾個，也被惡魔們當做勝利品玩弄之後丟棄在獸人山麓。你們知道，獸人山麓是獸人們的地盤，聽說……」

他咽了一下口水，繼續道：「聽說有些倖存的精靈被一些獸人部落撿回去，當成奴隸豢養起來。薩蘭迪爾大人聽說這件事後，就、就單槍匹馬一個人找上這些獸人部落，把他們——全屠殺光了。」

阿奇．貝利感覺後背流出了冷汗，紅龍雷德吹了一聲口哨。

「不錯啊，有仇必報！後來呢？」

「其他獸人部落聽聞此事後，無論有沒有私下扣留精靈，都沒有敢承認的。薩蘭迪爾大人卻還不肯放過他們，一個一個找上門，要不是他後來體力不支，可能那一次獸人們就要被他殺光了。」

阿奇沉默了好一會兒。

他見過爬窗進教室，像個孩子一樣的瑟爾，見過冷冰冰不苟言笑的薩蘭迪爾，卻沒有見過殺人不眨眼地屠殺一整個種族的薩蘭迪爾。他不敢相信，那是薩蘭迪爾會做出來的事。

不過法師學徒還是冷靜地問：「他那時候還不是以利聖騎士吧。一個普通的精靈遊俠，哪怕個人實力再強，他是怎麼做到屠殺這麼多獸人部落還全身而退的？」

艾迪搖搖頭：「那時候大人雖然還沒有與以利定下契約，但好像已經能使用一部分神力了。對了，聽說有一個神祕的女人一直跟在他身邊。後來薩蘭迪爾大人體力不支暈倒，就是她把他送回來的。再之後退魔戰爭在整個大陸爆發，薩蘭迪爾大人就忙於戰爭。不過聽說直到戰爭後期，他都沒有放棄找回那些失蹤的精靈。」

「那個女人是誰？」

艾迪搖頭表示不知。

「那這一次，薩蘭迪爾在白薔薇城前向雷德要回了佩劍……」

阿奇與艾迪對視一眼，彼此有了不妙的預感。

「糟了，他不會是想把當年沒做完的事繼續做完吧！」

†††

瑟爾冷冷地盯著擋在自己面前的男人。

「你礙事了。」

「不。」攔住他去路的法師說，「我是在阻止你發瘋。」

精靈銀色的眸子望著法師，身後是剛澆灌完的星沙草和「安魂樹」。

「你以為我要做什麼？你又能阻止我做什麼？」他譏嘲法師。

「不管你要做什麼。」

伯西恩感覺胸口有一股異樣的情緒在發酵，像是悲傷，像是憤怒，就連當年他被那個名為父親的男人拋棄時，就連他被那些醜陋的人逼得陷入自厭又厭世的絕境時，都沒有如此過。

這些情緒，只有在面對眼前這個桀驁的精靈時才會出現。他試過無視，試過逃避，卻終不成功。

而現在，目睹精靈在亡友墓前靜默地祭奠之後，這份情緒終於無法再被視而不見。

伯西恩自嘲地想，或許他就不該去看奧利維的記憶，那樣他就不會知道這個精靈的過去，也不會為他的悲傷而悲傷。

最終他聽見自己說：

「不管你要去哪裡，帶著我。這就是我要的報酬。」

光與暗之詩

DEAR MY THRANDUIL

CHAPTER SEVENTEEN

獸人山麓

伯西恩．奧利維年幼時就知道，他是個不受人歡迎的，不該出生於世的孩子。

父母之間沒有愛情，只是利益交換。但當他這個利益交換產生的種子表現得不如他們預期時，那個男人和女人卻沒有表現出失望，倒更像是鬆了口氣，有一種終於可以扔掉累贅的輕鬆。

從三歲開始，當他被測出沒有繼承「預言師」的天賦後，就再也沒有見過那兩個做為他父母的人類。

他不記得他們的臉龐，唯一記得的只有自始至終的孤獨。

伯西恩五歲那年，他父親又生了一個兒子，他母親嫁給了第二任丈夫。

他終於從他們的生命中完全被抹去了，作為一個本就不該存在的、多餘的、沒有用處的棄子。

他倒是不覺得悲傷，從沒有體會過快樂的人不知道悲傷是什麼，只有擁有過幸福的人才會懼怕悲傷。

對於伯西恩來說，所有世人名為悲傷的感情，從他出生起就融入至他的生命和呼吸之中了，要他如何去分辨它們呢？

一直到他聽人說起他的父親和他的弟弟，聽奴僕們說著那個男人如何把小男孩當作珍寶寵愛，為他遮擋所有寒風冷雨，就像天下所有父母做的那樣。那一刻伯西恩才明白，原來他的父母不是不會愛人。

他們只是不愛他。

「那有什麼關係呢？」年幼的男孩說：「我根本不需要任何人愛我。」

†††

看著精靈又一次走錯路，黑袍法師靜靜開口：「如果你告訴我你要去哪裡，也許我可以為你指路。」

「瑟爾。」

瑟爾抬眸，如月色般的銀眸冷冷望著他。

「如果你不再跟著我，我就告訴你我要去哪裡。」

說完之後，他才意識到自己這句話似乎有哪裡不對。

黑袍法師幾乎忍不住想笑。

這個精靈活了三百多年，為什麼有時候還是這麼天真呢？

瑟爾很快就反應了過來，又懊惱不知道為什麼，自己總是在這個討厭的法師面前丟人現眼。

「……我並不是在往某個特定的目的地走，我在找人。」精靈說。

伯西恩悄然鬆了口氣，只要這個精靈不是又想去屠殺獸人部落，那麼他要找誰他都可以奉陪。

「你想找誰？」法師儘量讓自己的語氣溫和一些，「是你認識的人嗎？知不知道他叫什麼名字，長什麼模樣，是否有他的信物？」

「不是，不知道，沒有。」精靈沒耐心地回道。

法師忍住脾氣，再三告誡自己不要發火。

「那麼，你們是否曾約好在哪裡見面？」

瑟爾冷笑道：「他們要是知道我在找他，肯定不會坐著等。」

那就是什麼線索都沒有了！法師本就不多的耐心終於告罄。

「是嗎？那你先得有本事把整片獸人山麓都翻過來！當然，在你翻過一遍前，得先祈禱要找的人沒有早就使用傳送法陣離開了，不然豈不是白忙一場。」伯西恩同樣回以冷笑。

瑟爾想像了一下那個畫面，頓時反應過來自己這樣賭氣似的盲目尋找，的確不太可靠。既然有一個現成的法師在，他為什麼不利用一下這個傢伙呢？

瑟爾試探道：「如果我告訴你他們的特徵……」

「只要是切實的特徵，而不是什麼『不不不沒有』，我都能給你準確定位。別忘記，我是預言系法師。」

「好吧。」瑟爾終於鬆口，「我要找一群火神的聖騎士。」

「一群什麼？」伯西恩懷疑自己的耳朵。

「火神赫菲斯的聖騎士。」瑟爾重複了一遍，又道，「或許，還有水神沃特蘭的聖騎士。」

†††

風雪漸漸大了。

即便已經是初春，在這個海拔高度，獸人山麓上的春雪依舊可以把人和動物凍僵。只有毛髮厚實的獸人才能扛過這份嚴寒，不過天氣沒有徹底轉暖之前，他們也不願意從山麓西邊的平原折返。

「艾斯特斯！」精靈阿爾維特提高聲音，對前面的人影道，「這場暴風雪有些古怪，我們困在這裡多久了？」

「不管風雪多古怪，或是什麼人在背後操縱。」銀髮精靈執著道，「只要往前走，就能衝破這場暴風雪。」

「艾斯特斯！」

暴風雪已經大到連近在咫尺的夥伴面容都看不清楚了，阿爾維特無法丟下王儲不管，只能和另外一個同伴緊緊追了上去。然後精靈們很快發現，風雪開始變小了。

「是暴風雪停了嗎？」阿爾維特問。

「不。」艾斯特斯神色變得嚴肅，「是有人在操縱這場風雪，我們周邊的暴風雪被對方控制了。」

「操縱風雪？」阿爾維特驚訝，「那豈不是……」

他的話還沒說完，三名精靈已經看到了這場暴風雪的始作俑者，以及那個正和他們戰鬥的男人。

只見在前方百米外的山腰上，數名騎士正圍追著一個身形高大的男子，而風雪的操縱者正是這些手握長劍的騎士。他們呼風為劍，喚雪為刃，一次一次攻擊著前方那個勉強與他們相抗衡的高大人影。

誰都可以看出來，那個大個子已經力竭，撐不了太久了。就在又一枚風刃雪刃要劃破這個大個子的脖子時，他低喝一聲，用力撐向地面，接著一棵巨大的藤蔓回應他的呼喚般破土而出。它像要耗盡自己所有的生命力一般急速瘋狂生長，擋住所有攻向高個子男人的攻擊。

然而，巨型藤蔓的助力只是一時，很快，對方又一名騎士上前。只見這名披著紅色披風的騎士念念有詞，長劍上聚出騰騰火焰。

火焰隨即漫上藤蔓，燃燒著它的每一根枝枒。即便人耳聽不到植物的呼聲，此時卻似乎可以聽見這巨型藤蔓痛苦的悲鳴。

「住手！」

就在此時，一支長箭破空襲來，帶著擊破風雪的力量，穩穩落在最當前一名騎士腳下。只要再近一點，就可以破開他的喉嚨！

「放下你們手中的長劍，沃特蘭和赫菲斯的信者！」

看見從風雪中跳出來的幾個人影身形輕盈地落在山道上，當先的騎士認出他們的身分，道：「這不是你們該管的閒事，精靈。」

「你們在對一名德魯伊趕盡殺絕。」阿爾維特道，「傷害我們的同胞就是傷害我們自身，騎士們，恐怕你們得多幾個敵人了。」

「我不知道德魯伊什麼時候和水火雙神結了仇。」艾斯特斯最後一個趕來，他碧藍色的眸子冷望著對方，「還是說，這是為了你們的私仇和私欲？」

對面的聖騎士們一下子被惹怒了。

「一切為了赫菲斯／沃特蘭！」

「精靈，最後勸告你一次，退下，否則連你們一起攻擊。」

「這幫傢伙瘋了。」阿爾維特小聲說，「要不然就是這個德魯伊拿了他們什麼十分重要的東西。」

「我從不盜竊別人的東西，我只憑自己的本領去取得。」德魯伊顯然聽見了精靈們的小聲議論，他的聲音出乎意料地低沉粗獷，「感謝你們的好意，但是我不想連累無辜的人，請離開吧。」

艾斯特斯惱怒地看了他一眼。年輕的王儲從沒有被人這麼不識好意過，這個德魯伊以為他誰都救嗎？

「我想救你是我的事，輪不到你管。」

德魯伊顯然拿這個傲慢的王儲沒有辦法，只能嘆了口氣。

「好吧，希望你們能保護自己。」

說著，他又吸一口氣，用力拍下地面。

這一次沒有藤蔓再冒出地面，卻像是所有藏在地底深處的植物根系都在蠢蠢欲動，這個本來就十分陡峭的山坡開始搖搖欲晃起來。

精靈們瞬間就明白了他想做什麼，他們一邊對不遠處的騎士們射箭，防止他們追上來，一邊在逐漸分崩離析的山地上尋找可靠的落腳點，以防不小心摔下去。

山坡的震動越來越劇烈，積雪坍塌滑下深處的懸崖，但精靈們和德魯伊落腳的這一塊卻格外平穩，並且隨著震動逐漸升高，直到再也看不見那些緊追不捨的騎士們的身影。

精靈們這才鬆了一口氣，從異變的土地上跳下來。

艾斯特斯看著德魯伊道：「看來我們多此一舉了，即便沒有我們，你也可以安全脫身。」

「不，要是沒有你們，我絕對沒有機會使用這一招。」德魯伊感謝道，隨即他又彎下腰，雙手撫摸上大地。

艾斯特斯知道他這是在修復那些被過度使用的植物，便沒有打擾對方，逕自走到一邊去。可是精靈沒有想到那些煩人的聖騎士們並沒有放棄，他們還準備了最後一擊。

當那道火焰穿透深淵襲來的時候，艾斯特斯根本來不及閃躲！

「小心！」

然而，他身旁的德魯伊及時看到了這一幕，並用力將他撞開，自己代替他承受了這一擊。

那帶著神力的火焰非同一般，德魯伊發出痛苦的嚎叫，宛若被炙烤著靈魂。

「你沒事吧！」

艾斯特斯擔憂地上前，想要念出精靈的咒語為對方熄滅神火。這時，德魯伊被烈火焚燒的風衣也在寒風下被吹散，露出他醜陋可怕的真容來。

精靈王儲頓住，隨即不敢置信又憤怒地喊道：「獸人！」

這個被精靈們救下，又救下精靈們的德魯伊，竟然是一個實實在在的獸人。

他的毛髮、醜陋的尖牙、粗獷的身形無一不在顯示著這一點。

怪不得他的聲音那麼低沉，怪不得他的身形如此高大，原來他根本不是德魯伊，而是一個居心不良，偽裝成德魯伊的獸人！

艾斯特斯心中湧上被欺騙的怒火，掏出弓箭對著這可惡的獸人。

「你接近我們、偽裝成德魯伊，究竟有什麼圖謀，獸人！」

被識破身分的獸人還在承受著神火焚身的痛苦，聞言，他苦笑一聲，沙啞道：「難道不是你們先接近我的嗎？而且難道就因為我是獸人，就不能是德魯伊嗎？」

艾斯特斯緊緊抿著唇，挽起弓弦對準這個「前一瞬」的救命恩人，似乎在猶豫是否要在這裡除掉這個卑鄙的獸人。

「我不相信你的謊言。」艾斯特斯說。

「是嗎？」獸人忍痛道，「那麼，你是否相信這個？」

他舉起右手，只見一棵小小的嫩苗漂浮在掌中。它是如此脆弱，只有獸人的半根手指那麼大，它又是如此蘊含著力量，自然的氣息貫通它每一根筋脈，使它充滿生命的活力。

阿爾維特吃驚地看著這一幕。

「那是樹之心！怪不得他可以操縱那麼多植物，這個獸人竟然……」

「不可能！」艾斯特斯卻彷彿被刺激到了一樣，鋒銳的箭矢直抵著獸人的喉嚨，隨時都可以刺破他的皮膚，「最後一任德魯伊傳承人是一名女性精靈，樹之心應該在她手裡，你把她怎麼了！」

「……如果你說的是艾美利亞。」獸人閉上眼睛，長滿長毛的臉上看不出深藏的情緒，「我把她埋在了雪山腳下。」

艾斯特斯怒急：「你這個——！」

「在她與我認識半個維多（獸人的計時法，一個維多差不多是一百五十年），在她生下我們的女兒之後，她飽受病痛的身體開始不受重負。」獸人卻不顧他的憤怒，繼續道，「我祈求她留下來，向自然女神、向戰爭之神、向以利，向我所能祈求的所有神哀求，但是她還是離開了。」

即便不能看見他的表情，精靈們還是清晰地感受到了那份深徹骨髓的傷痛。

「她回去了精靈們往生的家園，或許現在已經化作了一棵星沙草。」獸人睜開雙眼，意外地，他有一雙美麗深邃的黑色眼睛，「如果我們的女兒也被允許進入樹海，或許，她可以用她母親化作的星沙草親自完成洗禮。」

艾斯特斯眉間一顫。

「你在胡言亂語，可惡的獸人！你竟然誣衊一位高尚的精靈勇士與你……」

「究竟是誰在汙蔑她，精靈。」獸人沉靜的黑眸靜靜望向他，「艾美利亞是你們的勇士，但她也是我的妻子，是我們孩子的母親，為什麼你認為她與我相愛就是對她的誣衊？

是因為我的外貌？可是艾美利亞從來不嫌棄這醜陋的軀殼，她愛著我的靈魂。是因為我的種族？『精靈也會有背信棄義者，矮人也有情操高尚者。』精靈王親自說過的話，難道不能適用在獸人身上？」

獸人問他，「僅僅因為我的外貌，僅僅因為我的種族，艾美利亞就不能愛上我？那麼，精靈，你愛一個人究竟是愛他的靈魂，還是愛他那肉體做的軀殼，愛他那生下來便不能選擇的種族？」

他這番話簡直聞所未聞，如此撼人心魄，每一字每一句都在挑戰艾斯特斯一百多年來的認知，可又隱隱約約讓艾斯特斯認識到一直以來忽視的什麼。

年輕精靈王儲有些無措，為了掩飾這一絲無措，他只能避開獸人直白又尖銳的眼神。

就在這一瞬——

「他跳下去了！」

獸人卻抓住艾斯特斯錯開眼的一瞬間，從懸崖邊翻身而下，眨眼間便跌入了那深不見底的裂隙中。

阿爾維特擔心道：「這麼高，他沒事吧！」

艾斯特斯愣了好一會兒，收起弓箭。

「他是德魯伊，這座山上到處都是植物，即使我們出事，他都不會有事。」

他靜靜地往前走，不再有之前那份憤怒與焦躁，卻又像一座爆發前的火山。阿爾維特和另一名女精靈都不敢上前打擾他。

「他逃走了。」許久，艾斯特斯再次開口，「說不定是為了掩飾他的謊言，才從我的面前逃走。他有一個女兒……如果是真的，那個女兒就是一個半精靈。」

王儲轉過身，對自己的兩名夥伴道：「我們回去風起城，尋找這個半精靈。」

阿爾維特簡直懷疑自己是否幻聽了。

「可我們剛從風起城回來，不是還要去找薩蘭迪爾嗎？」

「我要去找那個半精靈，或者是半獸人。我不相信那個獸人說的話。」艾斯特斯執著道，「我一定要證明他是在說謊，然後找到他，殺了這個玷汙精靈勇士名聲的獸人。」

兩名精靈見實在勸不動他們的王儲殿下，只能無奈地跟著他返程。

就在他們離開不過半刻，伯西恩帶著瑟爾閃現在這座被肆虐過的雪坡。

「什麼都沒有。」

精靈看向法師，倒是沒有失望，卻有一絲挑釁。

「你敢說你的預言準確？」

「精靈，我的預言不準，你很開心嗎？如果是那樣，就證明你永遠也別想找到紅龍迪雷爾。」

伯西恩反駁回去，並走到懸崖邊，彎腰用手指撚起一把雪。

「這裡有火神之力的氣息，還有自然之力的氣息，很清晰。」他轉身看向身後的瑟爾，「這證明赫菲斯的聖騎士不久前還在這裡和人戰鬥過，和他們對戰的是精靈還是德魯伊？」

瑟爾湊上前來，仔細感受了一下，動了下鼻子。

「是德魯伊，他受傷了。」

伯西恩奇異地看著他，「這你都聞得出來？」

瑟爾很討厭他這副把自己看做獵犬的表情，蹙眉道：「德魯伊受傷了，這是周圍的植物告訴我的。不要以為世上只有你一個人通曉異族的語言，『獸語者』。」

伯西恩挑了挑眉，不再說話。

「你能不能知道這些人現在去了哪裡？」精靈問。

「不能，整座山脈內火焰氣息最強的地方就是這裡。」伯西恩說，「赫菲斯的聖騎士們可能在戰敗陷入險境後，立刻使用了傳送卷軸離開。我沒有再感受到強大的火焰氣息，至於那個德魯伊，我感受不到他。」

瑟爾不高興地皺了皺眉。

「你不是在調查失蹤事件？」伯西恩觀察著他的表情，問，「為什麼這麼關心赫菲斯的聖騎士，失蹤事件和他們有關係？」

瑟爾的表情告訴法師，明顯不是這麼一回事。

伯西恩又猜測道：「那是他們得罪了你，或者他們得罪了你重視的人？」

精靈的眉毛動了一下。

喔，是後者。法師心想。

「如果你擔心他們繼續傷害你在意的人，你最好守在那個人身邊，時刻不離，這樣就沒人能動手傷害到他了。」伯西恩有些不是滋味地建議。

說實話，他不明白是什麼讓自己這麼不愉快，但他就是很不喜歡那個讓瑟爾如此在意的傢伙。

「謝謝，不用你好心提醒。」瑟爾忍住不去白他一眼，轉身就走。

法師繼續不遠不近地跟在他身後。兩個人影一邊走遠，一邊不停地爭吵。

「你就沒有別的事要做嗎?那些該死的實驗、噁心的魔藥什麼的。」

「你不知道嗎？」法師半調侃，「你現在就是我最重要的實驗。」

瑟爾瞪了他一眼。

「那你最好離我遠一點，我可不是什麼好招惹的小白鼠。」

「看出來了，小白鼠可不像你這樣。知道嗎？」法師突然有興致地道，「我曾經對你們那隻可愛的小紅龍施展過一次『心靈蠱惑』，他最害怕的事，竟然是被你罰站，你究竟對他做了什麼？」

「沒有你做得多，法師。你就不擔心對雷德施展太多幻術，對他的智商造成不可挽回的影響，最後巨龍們來報復你？」

「那可是紅龍。」伯西恩說。

「是的。」瑟爾從另一種角度說，「那可是紅龍。（最衝動，最不理智，默認智商最低的巨龍）」

伯西恩沉默了一會兒，承認他說的有那麼一點道理。

一人一精靈就這樣一路拌嘴，回到了通往白薔薇城的峽谷前。

「薩蘭迪爾！」

「薩蘭迪爾大人！」

「嗨，精靈！」

然而才剛踏入峽谷，瑟爾就像受到史無前例歡迎的偶像一樣，遠遠便被人熱情呼喊，然後被三個人影團團圍住。

艾迪：「您去哪裡了，有沒有受傷？」

阿奇：「你心情怎麼樣？」

只有雷德最直接：「聽說你又去屠殺獸人部落了，殺光了幾個啊？」

艾迪和阿奇都狠狠瞪著他。

「呵。」旁邊有人輕笑起來。

所有人看向黑袍法師。

伯西恩揚起長眉說：「不愧是紅龍。」

雷德以為自己被表揚了，有些高興，又有些狐疑地看向法師。唯有瑟爾清楚伯西恩是什麼意思，他撫著頭，望著三人。

「誰說我要去屠殺獸人了？」

三人你看看我，我看看你，最終阿奇說：「可你突然和雷德把劍要了回去，這裡又是……」

艾迪頂了他一下，阿奇突然停住，沒有再把話說下去。

瑟爾看著這三個年輕人，將他們的擔憂和小心翼翼收盡眼底。這一刻，一直壓在心頭的陰霾好像被吹散了一些。

「謝謝。」精靈說，「我沒事。至少短期內，我不會去找那些獸人的麻煩。」

他感受著久違被同伴們關切的溫暖，抬起嘴角，試圖露出一個笑容。

瑟爾很久沒有這樣發自內心地笑過了，以至於他早就已經忘記當自己露出這樣的笑容後，會有什麼後果。

阿奇和艾迪看著精靈的笑臉，突然齊齊紅著臉轉過頭去。

只有雷德一頭霧水地看著他們。

「怎麼回事，你們臉上冒火了？」

笨蛋。法師腹誹，同時抬了抬衣領，遮住自己的臉頰。

畢竟，有些人太過蒼白的皮膚可是一點都蓋不住紅暈。

光與暗之詩

DEAR MY THRANDUIL

CHAPTER EIGHTEEN

薔薇騎士

白薔薇城，光明教會分部內，伊馮正在聽屬下彙報。

「這麼說和我們同行的那一行貴族車隊，是屬於利西貝坦家族的。」

「是的，大人，確鑿無疑。」

伊馮微微蹙起眉頭。

利西貝坦、利西貝坦……他反覆默念著這個姓氏。

如果那些人是利西貝坦家族的，薩蘭迪爾大人應該第一眼就認出來了。大人當時沒有出面，後來又單獨行動，會不會也和這個有關？畢竟利西貝坦家族不僅是名震大陸的薔薇騎士團的半個主人，更是當年「騎士」南妮出生的家族。

那輛馬車裡坐的如果真的是利西貝坦繼承人，那豈不就是薩蘭迪爾大人的故友之後？可是南妮的繼承人為何會淪落到成為王都質子的地步？膽敢襲擊他的又是誰？

伊馮正埋頭思索著這些問題間的關聯，這時候外面又有騎士彙報：「伊馮隊長！艾迪他們回來了，薩蘭迪爾大人也和他們一起進了城！」

伊馮愣了一會兒。

「你說什麼？」

「薩蘭迪爾大人——」前來彙報的聖騎士喘了口氣道，「和他們一起進城了。他沒有掩飾身分，現在城裡都快鬧翻了。」

和其他城市不同，白薔薇城內可是遍地都是薩蘭迪爾的雕塑，即便那些雕塑與本人沒有五分相似，一個精靈出現在白薔薇城也足以叫人駐足觀望了。

這又是鬧哪一齣？伊馮的眉心捏出一道溝壑，掛上佩劍飛快地出門。

此時，白薔薇城的城門處卻已經亂成一團。

瑟爾步行進城，卻沒有掩飾他的尖耳。在被第一個路人發現身分後，「一個精靈出現在白薔薇城」的消息很快就以一傳十、十傳百的速度，在城內沸騰開來！

沿路上，圍觀的人們不敢太靠近瑟爾，但他們火熱的眼神也足以把人燙傷。

伯西恩看著因為某個精靈引起的意外狀況，面無表情道：

「我有時候真不明白你在想什麼。你去梵恩城和風起城的時候，都想法設法地掩飾自己的身分，為什麼到了這裡——」他看著身邊又一個因為呆望著瑟爾，摔倒在地的路人，「卻好像巴不得立刻曝光自己的身分。」

「你沒猜錯。」瑟爾回道，他像在等待著什麼，「在梵恩城和風起城隱瞞身分更利於我行事，在這裡情況恰恰相反。法師，你不妨再猜一猜。」

他甚至有空和伯西恩開玩笑。

「等一下最先來找我們的，究竟是這個王國的大貴族們還是城內的其他勢力？或許我們可以下一個賭注。」

雷德和阿奇倒是興致勃勃，伯西恩卻看破他般地道：「你勝券在握，還有什麼好猜的？」

艾迪摸了摸腦袋：「難道不是伊馮隊長先趕來嗎？」年輕的聖騎士好奇道，「大人曝光了身分，隊長他肯定是最擔心的，教會也一定會派人過來接應。」

伯西恩道：「光明教會當然不會錯過這個變相宣傳的機會。」

法師想像了一下那個場面。都伊的聖騎士們帶著神僕，興師動眾地迎接薩蘭迪爾，在眾目睽睽之下證明他們和薩蘭迪爾，甚至是和以利的親密關係，宣揚光明神的偉大光輝。

簡直令人反胃。

「不過。」法師說，「這並不意味著，他們會是第一個到的。」

像是為了印證他所說的話，就在人群中因瑟爾而起的騷動進一步擴散之前，人們聽見了一串整齊有力的馬蹄聲，只見一隊騎士遠遠地從內城御馬而來。

他們裝備齊整，坐騎神駿，容貌英武。圍觀的人群看到他們不由得紛紛避開，眼中露出敬畏。

在靠近瑟爾幾人後，這群騎士先是整齊有序地隔開了圍觀的人群，隨後其中一個策馬上前，仔細地打量著瑟爾的模樣。

他的馬匹隨著主人的動作優雅地踱著步，不一會兒，像驗證了心中的某個猜測，這位陌生騎士的眼睛越來越亮。

趕在對方開口之前，伯西恩低嘲一句：「一群光鮮亮麗的騎士，簡直是噩夢。」話音剛落，他就像再也忍受不了似的瞬移離開。

瑟爾還來不及為終於甩開了這個包袱感到高興，對面的騎士已經斟酌著開了口：「敢問，」穿著銀白盔甲的騎士道，「前方，可是薩蘭迪爾大人？」

他的聲音格外宏亮，彷彿就是故意說給周圍的人群聽的。

然而，更令人意外的是精靈竟然沒有否認，他微微點頭：「是我。」

艾迪等人錯愕地看向他。

聽到瑟爾承認後，剛才還克制有禮的騎士們頓時變得激動起來。為首的騎士立刻跳下了馬，有一人帶頭，其他騎士們也齊刷刷地下了馬。他們站成一排，侯立於精靈面前，目光緊張地望著精靈。

當先的一位騎士看了一眼瑟爾，又低首，將手中利劍橫放於在胸前。

在他身後，那一隊銀甲上繡著薔薇花的騎士們都望向薩蘭迪爾。他們做出與首領同樣的動作，將長劍放在胸口，像在吟誦一個久遠的誓言般道：「歡迎回來，薩蘭迪爾閣下。薔薇騎士團為您守護之地，從未丟失！」

喊聲震天！那些由騎士們喊出來的鏗鏘有力的話語，卻猶如一道奔流，瞬間把精靈的思緒帶回了往昔。

「你醒了？感覺怎麼樣？」當精靈模模糊糊地張開眼，還沒看清楚眼前景象，就聽到一個不算溫柔的女聲在耳邊低語。

瑟爾怔怔地抬頭望著屋頂發呆，他似乎不清楚自己現在身在何地。

「瑟爾。」揹著長劍的女騎士擔憂地伸出手，在精靈眼前晃了晃，「沒事吧？你被人揹回來、倒在營地的時候，我們都被嚇壞了。要是你出了什麼事，精靈王肯定會遷怒於所有人類，那可是雪上加霜。」

聽到「精靈王」這個詞，瑟爾似乎總算有了幾分清醒。

「我……」他試圖開口，卻發現自己根本無法發出聲音。

女騎士攔住他。

「奧利維和巴特都在外面等你。先告訴你一個壞消息，南方的人類城市已經被盡數攻破，最後一個人類國家也將淪陷。惡魔們來勢洶洶，世界岌岌可危，瑟爾，你是否該做出決定？」

女騎士不容許他躲避般，直視著他的眼睛。

「是留在這裡，繼續沉浸在你的悲痛與怒火之中，還是帶著願意追隨你的人們去支援其他地區？他們可以等你，但是等不了太久。奧利維和巴特，還有追隨你而來的人類傭兵們，他們都有自己的親人和國家。如果你不能再引領他們戰鬥，他們就會自己去戰鬥。但是……雖然我不想這麼說，但這一定會造成更大的傷亡。」

精靈的心裡有些苦澀。南妮總是這麼直白，將選擇與現實坦承於眼前，令人無法回避。

可是，為什麼是我？

瑟爾多想問，多想吶喊！為什麼註定是他要承受這一切、承受這些期望，背負這些人命！

「為什麼會這樣呢？」

一聲壓抑不住的嘆息，幾乎讓瑟爾以為是自己不經意喊出了心聲。可他抬頭，卻發現說出這句話的竟然是一直都開朗堅強，讓人覺得根本沒有挫折能壓垮她的南妮。

她依舊挺著脊樑，眼神卻微微發暗。

「最開始，我以為即便是女人，只要我能成為一名騎士，就能拯救衰亡的家族，就能讓沒有男嗣的利西貝坦不至於覆滅。後來我又以為無論其他人如何非議，只要用實力證明自己，總有一天人們都會像認同我的父親和兄長一樣認同我。」

「妳做到了。」瑟爾說，「妳現在是全大陸最出色的騎士之一。」

南妮苦澀地笑了一下。

「可是，我還是沒能改變這個局面，沒能阻止貝利的死亡，也沒能制止失去理智的你。」

人們總是驚嘆她的堅強，卻根本忘記了她也是一個普通的女孩，本該在父兄的呵護下成長。

家族的慘變卻改變了她的一切。

「妳已經做得夠多了，這不能怪妳……」

瑟爾想說這是人力無法挽回的，卻怔然愣住了，胸口像被什麼砸中一樣，沉悶作痛。

「但是這也不能責怪你。」南妮直望著他，似乎就是在等他說這一句，「我們是人類、是精靈，不是神明。瑟爾，世界上總有我們做不到的事。但是同樣，世界上也有我們必須去做的事。」

十五歲的少女選擇剪斷長髮，揹起武裝。

剛剛成長的精靈選擇離開家鄉，前往大陸歷練。他們身上都有著責任，也有著重擔。他們不能向世界質問「為什麼是我」，因為這註定不會有回答。

瑟爾沉默了。

許久，他沙啞開口：「我去南方前線。」

他終於做出了南妮本想讓他做出的決定，女騎士的眼中卻盈滿了淚水。

她像是對自己，又像是對瑟爾說：

「對不起，只能讓你一個人繼續往前走。」

『對不起，瑟爾。』

『貝利不在了，但我會留下來。』

『這片承載著你悲傷的土地，我將永遠為你守護下去。』

女騎士的聲音還迴盪在耳邊，她的身形卻從精靈眼前漸漸消散。

瑟爾現在唯一能聽見的，只有耳邊騎士們那鏗鏘有力的喊聲。

「為您守護之地，從未丟失！」

「我們一直等待您歸來！」

伊馮和其他聖騎士們趕到之時，看到的就是這一幕。伊馮望著被薔薇騎士們簇擁在中間的薩蘭迪爾，眼神複雜。

以鮮花為武裝，持利劍為守護。薔薇騎士團，這個鎮守著紅薔薇騎士王國，在大陸上聲名顯赫的武裝力量，是南妮・利西貝坦為她與摯友的諾言所建立的。這個騎士團的初代團長是南妮，名譽團長則是薩蘭迪爾。而南妮信守諾言，永遠為精靈守護這座城市，直到戰亡。

如今故人早已離去，她留下來的騎士團卻代代相傳，薪火不息。到了如今，世事變遷，騎士團在王國裡的地位變得越發尷尬。就在這時，他們終於等到了與南妮許下誓言，也似乎是唯一有能力帶他們脫離困境的人。

畢竟南妮早已離開，現在的薔薇騎士團在迎接薩蘭迪爾的時候，有幾分是出自於守約的真心，更多的是為自己的利益考慮。

精靈何嘗不明白這些，然而他的腦海中飛快地閃過一幕幕場景——被襲擊的利西貝坦家族的馬車、目的不明的赫菲斯聖騎士、與赫菲斯的騎士們戰鬥的德魯伊以及莫名失蹤的紅龍。

終於，這所有謎團逼他踏入故地，重回一切悲劇初始之地。

從決定暴露身分踏入這座城的那一刻，他就做好了決定。或者說，當他離開聖城的那一刻起，就註定了那些曾經的傷痕、新刻的謎團都將會在此煥然面目，隆重登場。

它們都在等待一場盛大的解謎，一次徹底的結束，一場終焉的對決。

望著俯首於眼前，心思各異的薔薇騎士們，薩蘭迪爾不知對何方輕輕訴說：

「是啊，我也等著這一天很久了。」

無論謎底與結局會是什麼，有些事薩蘭迪爾不能在都伊的聖騎士們眼皮底下做。所以與薔薇騎士團會面後，他當機立斷，對伊馮道：

「我去騎士團的駐地借住幾日。」

伊馮欲言又止，最終頷首離開。

於是，在眾目睽睽之下，薩蘭迪爾跟著這群薔薇騎士回到他們在城內的駐地。

說起南妮建立的這個騎士團，即便薩蘭迪爾閉關已久，對於大陸上赫赫有名的薔薇騎士也是有所耳聞。

如果說都伊聖騎士們是毋庸置疑的團體實力第一，那麼毫無疑問，薔薇騎士的個人戰力是在大陸所有的騎士中位列佼佼。

他們每一位都是如此出類拔萃，短短百年便在大陸上賺取了豐厚的名望。

然而如今，這名聲反倒成了累贅，隨時會壓垮這個搖搖欲墜的騎士團。

在熱烈的重逢後，迎接薔薇騎士和薩蘭迪爾的卻是無止盡蔓延的沉默，畢竟他們對彼此都不太瞭解。

薩蘭迪爾當年離開這處傷心之地，由南妮留下來駐守在白薔薇城，當時她身邊只跟著幾位忠心耿耿的追隨者，而如今，那寥寥數人發展成了眼前這個龐然大物。

薔薇騎士團的駐地足有百畝範圍，雖然不能說有多寬敞，但是在寸土寸金的王城能有這樣的規模，也足見騎士團的地位和實力。

騎士團的現任代團長是一位年近三十左右的男性，他十分英俊，且自有一股成熟的魅力。看到他的時候，瑟爾瞬間就想到——南妮當時最喜歡的，不就是這一類異性嗎？可惜她一直沒有找到這樣的戀人。

「歡迎您，薩蘭迪爾閣下。我是騎士團現任代團長維多利安。」代團長維多利安對精靈領首行禮。

他有著標準的南方男人長相，五官俊逸柔和，卻因為一雙劍眉而不顯得陰氣。英俊的代團長禮儀十足，微微欠身道：「在南妮騎士的號召下，我們等待您已久了。」

這個優秀的男人繼承了南妮創建的騎士團，以另一種方式將她的名字時時刻刻掛念在嘴邊。瑟爾不覺莞爾，覺得這何嘗不也是一種命運的捉弄。

「你好，維多利安。」精靈看著他，「我有點累了，可以先休息一下嗎？」

他不是沒有注意到維多利安的眉宇間稍微露出幾分焦急，但他安撫道：「如果你有什麼話想對我說，可以晚上再談。我想這麼短暫的時間，並不會對許多事情造成太大的影響。」

維多利安深深看了他一眼。

「希望您休息得舒適，閣下。」

「謝謝。」

與此同時，薩蘭迪爾．以利．安維亞來到白薔薇城的消息，就像他剛抵達梵恩城時一樣迅速被人傳開，關於他的議論也是紛紛四起。

「不在別的時候，偏偏在這個關鍵時刻。」有人在黑暗中咬牙切齒，「難道這位大人物是故意和我們作對的？」

「喔，親愛的，這怎麼可能呢。你別忘了，那一位可是久居聖城的以利聖騎士，就算他名義上繼承了薔薇騎士團，難道還能成為他們真正的主人嗎？」一個女人輕輕笑道：「他只是一個名譽團長罷了。薔薇騎士團真正的主人，還是要從利西貝坦家族中挑選。」

「是的，是的。」男人像被說服一般，「為了這一天，我已經等夠久了！不能再等了。」

「要我說，這可是一個好機會呢。畢竟親愛的羅妮長得和南妮騎士那麼像，簡直就是一個模子刻出來的。」女人輕笑道，「你覺得那位大人會不因此動心嗎？」

「可是，就只是長相而已。」

「一百多年來，關於南妮騎士與薩蘭迪爾的逸聞和情史傳得還少嗎？親愛的，你想想，南妮可是為他留下了一整個騎士團。即便他們之間沒愛情，也有別的情分，分量不會比愛情輕。況且——」

女人用一副十足瞭解的語氣道，「我們的羅妮長得那麼美，又那麼強大，她宛如一朵嬌嫩又帶刺的玫瑰，我就不信，有哪一個男人會拒絕征服她。薩蘭迪爾就算是精靈，不也是男性嗎？」

男人似乎終於放心了，鬆了一口氣。

「這麼說來，他的到來對我們而言反倒是個機會。那麼，一切就交給妳安排。」

女人拉起裙襬，帶著志得意滿的笑容離開了。

†††

「這是您的房間。」

一名年輕的見習騎士為薩蘭迪爾引路。

「如果您有任何需要，請隨時吩咐我們。」

精靈謝過這名太過殷勤的見習騎士，進入房間。

很明顯，這是一間是剛打掃好的客房，房間窗臺上還有奴僕撒上去，還未乾透的清水。

精靈靠坐上去，想看風景透口氣，還來不及坐穩就聽見身後傳來一陣嘲諷。

「我以為你這趟出門是為了尋找失蹤的紅龍，而不是四處遊山玩水。」

瑟爾都不用回頭就知道出聲的是誰。除了那位在半路上因為嫌棄人多而消失的黑袍法師，還有誰有這個本事，又有這個能耐，能無聲無息地出現在他的房間。

「我的確是在找迪雷爾。」瑟爾說，「不然你以為我為什麼在這裡？」

「因為懷念你的老情人？順便照看一下她留下來的爛攤子？」

伯西恩從傳送陣法裡走出來。

不知道他之前去了哪裡，黑色的頭髮還帶著些微濕氣。

精靈有些不快道：「首先，我與南妮並不是人們議論的那種關係。其次，鼎鼎大名的薔薇騎士團被你這樣貶低，你是想要和整個騎士團打一架嗎，法師？」

伯西恩輕不可聞地笑了一聲。

精靈聽見他嘀咕了一句，聽起來好像是——「那些四肢發達的沒用傢伙。」

騎士和法師對彼此的偏見就像精靈和矮人們之間的成見一樣，根深蒂固，不可祛除。

「你知道紅龍迪雷爾失蹤多久了嗎？自你來找我做預言，已經快過去一個星月了，精靈。你又知道白薔薇城內的局勢現在有多糟糕嗎？老王國病弱，各位王子爭權奪利，實力強大的薔薇騎士團既是他們首先要拉攏的對象，也是他們第一個要剷除的對象。在這種時刻，你還有空在這裡悠哉地——」法師循著精靈的視線向外看去，蹙眉，「看騎士們裸著上身、赤著胳膊，做什麼野蠻的訓練。」

瑟爾幾乎被氣笑了。

「謝謝，我沒有那種奇怪的趣味！還有，誰說在白薔薇城裡就找不到紅龍失蹤的真相？」

伯西恩看向他，一副「那你快說給我聽聽」的囂張模樣。

瑟爾無奈地發現，自己真的拿這個傢伙沒辦法。他解釋道：

「一隻實力強大的成年紅龍，不是亞龍，也不是雷德那樣的笨蛋。迪雷爾比我年長數百歲，他有著豐富的經驗和足以毀滅四分之一大陸的強大力量，失蹤時，他還帶著三隻快成年的紅龍。

法師，你覺得敵人得有多強大的力量，才能在一瞬間讓牠無法反抗，並將龍抓走——並且是在龍島附近，在另外三隻紅龍的眼皮底下悄無聲息地完成這件事？人類能辦到嗎？那麼精靈？獸人？即便是惡魔，也沒有這樣的能力。」

瑟爾每說出一句話，伯西恩就搖頭。

瑟爾的臉色漸漸變得嚴肅起來。他至今還記得，當他第一次為紅龍迪雷爾失蹤的事向以利求助時，以利是這麼回答他的。

『你為什麼不自己動腦子想想呢，親愛的。』

「以利給我的回答不是調侃，也不是戲弄。」瑟爾說：「他那麼說，意味著他不願意把真相告訴我。在尋常情況下，作為與他定下契約的騎士，他本該盡可能地回應我，然而只有一種情況——當事情涉及他心愛的孩子時，他會選擇偏袒他們，而不是我。」

那些孩子——是精靈對與以利有關的某些特殊人物的特別稱呼。

「是神明。」瑟爾說，「是某個高高在上，我們所不知道的神明，將紅龍迪雷爾強行綁走，並引起了這一系列的事件。」

伯西恩靜默了，但他像對這個答案不感意外，似乎法師對此也早有所猜想。

「也只有神明才有這樣恐怖的力量。」瑟爾說，「但是祂為什麼要抓走巨龍？這一點我依舊想不通。雖然想不通，但是至少我可以抓住一些線索。」

「赫菲斯的聖騎士無故襲擊利西貝坦的家族繼承人，這就是你抓住的線索，也是你選擇留在白薔薇城的原因？」法師突然開口，「如果你懷疑的是火神，赫菲斯和沃特蘭是在退魔戰爭中才登上神位的新神。如果是你，應該很瞭解他們。」

「是，我的確見過還身為人類的赫菲斯與沃特蘭。他們一個是強大的王國騎士，另一位則是水神虔誠的牧師。就連我，也沒料到他們會有那一番際遇，那樣的一對戀人。」瑟爾感嘆。

「戀人？」伯西恩吃驚，「赫菲斯和沃特蘭都是男性。」

瑟爾看向他：「有什麼問題嗎？」

伯西恩閃爍地避開他的視線，轉移話題道：「既然如此，以你的瞭解，他們會做出無緣無故綁架巨龍的事嗎？」

「不會，他們為人都很正直。」但是精靈緊接著說，「但我認識的是身為人類的他們，而不是身為神明的火神與水神。火神聖騎士突然襲擊和他們信仰沒有衝突的人類貴族，其中一定發生了什麼。」

「你認為自己留在白薔薇城，就可以查清楚這些？」伯西恩蹙眉。

「不知道，但是至少我的第六感是這麼告訴我的。」瑟爾解釋得有點煩了，「好了，法師，現在告訴我你想做什麼？你大白天的來找我，不會就是問我這些事吧。這些事對我來說是很重要，但是和你有什麼關係嗎？」

伯西恩被他問得啞口無言，過了好一會兒才想起來，道：「我只是來警告你，薔薇騎士團的這趟渾水比你想像的還要深。」

敲門聲適時響起，法師的身影漸漸消失在空氣中，只有他的聲音依舊傳來。

「我還沒有收回全部的報酬，你可別馬失前蹄。」

「薩蘭迪爾閣下？」

門後，維多利安低沉的聲音傳來。

「打擾了，有幾位來拜訪您的客人正在大廳等候。」

客人？瑟爾想來想去，不覺得自己初來乍到，會有什麼客人突然來找自己。

果然，當他在維多利安的帶領下來到大廳後，見到的是那幾張熟悉的面孔——艾迪、阿奇，還有那個總是會跟在他們身後的……

嗯？紅龍雷德怎麼不見了？

「大人！」艾迪焦急地走上前來，一語切中重點，「雷德不見了？」

喔，又一隻紅龍失蹤了。

意外一個接著一個，就在法師剛給出告誡以後。

瑟爾簡直懷疑這是不是伯西恩的詛咒。

「別著急。」瑟爾安撫年輕的聖騎士，「先把情況說清楚，雷德不是一直跟在你們身邊嗎？」

艾迪說：「本來是的，但是在您說要到薔薇騎士團小住幾日後，他也想要跟過來。當時我們好不容易把雷德勸回去，可是他根本坐不住。不知道什麼時候，他就背著我們來找您，然後就不見了。我問過騎士團的人，沒人見過一位紅髮少年。」

維多利安搖頭道：「我已經問過所有值守的騎士，沒有陌生人闖進來。」

艾迪焦急道：「我擔心雷德會不會是出了什麼意外。」

瑟爾並沒有立刻下判斷，而是看向進屋後就很安靜的阿奇·貝利。

「你有什麼想法嗎？」精靈問。

阿奇開口，卻突然說起一件不相干的事。

「我第一次見到雷德是在學院的花園附近。當時他說要離開花園，我卻親眼看見他朝著與出口相反的方向走去。在我們外出同行的這段時間，雷德他從來沒有單獨行動過，所以我想……」法師學徒說出自己的猜想，「雷德他會不會是迷路了？」

精靈與騎士們面面相覷。

迷路，艾迪想，一隻紅龍會迷路？

迷路，瑟爾腹誹，一隻紅龍當然會迷路。

「早知道如此，」阿奇嘆息道，「我就該寸步不離地跟著他，哪怕牽著他的尾巴也好。」

不知內情的維多利安疑惑，你們究竟是在討論一個失蹤的人，還是一隻走丟的寵物？

「哈啾！哈啾！這是什麼討厭的味道？刺得我鼻子癢癢的。」

就在所有人擔心萬分時，事件的中心人物雷德卻一臉不快地揉著鼻子，出現在城內某個不知名的角落。

過了一會兒，紅龍少年才終於發現自己好像走錯路了。他站在一道陌生的柵欄的後面，茫然四顧。

「這是哪裡？」

雷德撓了撓一頭紅髮。

該死的，他就是記不住人類國家這些彎彎繞繞的小路，又小又麻煩，還總是七拐八拐。想想他在龍島的時候，每頭巨龍都占據一座山，你找到山，就等於找到了一頭龍的家。即便偶爾要外出，也是化作原型飛在空中，將所有路線盡覽於眼底，哪像現在？

雷德嫌棄地透過地上的水坑，看著自己現在的模樣。

四條沒有樹幹粗的孱弱肢體，軟綿綿又毫無作用的毛髮，就連可以當做武器的尖牙和尾巴都沒有！他真是討厭人類的軀體。

「真想叫那個精靈快點找回迪雷爾叔叔，好讓我回龍島。」

雷德不耐煩地嘆氣一聲。

算了，還是先離開這個陌生的小巷吧。等到了大一點的街道，再隨便找個人問路就是了。他這麼想著，隨手撐著柵欄就要翻身躍過。

「咦！」

「痛！」

兩聲驚呼。

雷德是被意外跳出來的人影嚇了一跳，對方則是捧著腦袋痛呼。

只見一個個子矮小的少年捧著腦袋蹲在地上，顯然與紅龍堅硬的腦門相撞，為他帶來了不輕的痛感。

「你沒長眼睛嗎！為什麼會突然從柵欄裡跳出來！」脾氣暴躁，向來不管自己有理沒理就罵人的雷德立刻罵道。

「對不起對不起！」

被他撞倒的小個子少年卻像毫無脾氣，忍著痛不斷道歉。

「對不起，都是我沒長眼睛，都是我沒注意，對不起，是我不好！」

即便是蠻橫不講理的紅龍，也被這小子一股勁的道歉嚇到了。

「喂，我說你……」

他上前拉起對方的衣領，想看看這個人究竟是小男孩還是小女孩，脾氣怎麼這麼懦弱。

抬起頭，紅龍少年和對方雙目相對，龍少年金色的眸子、如烈火般的紅髮映入對方眼簾。

「啊！」少年慘叫一聲，「不要殺我，不要殺我！」

然後竟然像見到惡魔一樣，不斷發出淒厲的求饒聲，瑟瑟發抖。

雷德有些被他弄糊塗了。好端端的，就算你撞了我腦袋，我殺你幹嘛？我是這麼不講理的龍嗎？（阿奇：大多數時候，你的確是。）

「喂，你……」他試探著開口。

對方一個瑟縮，將整個腦袋埋在雙臂之中。

「嗚嗚嗚，不要殺我！」

「你好好看清楚，誰要殺你了！」紅龍少年不耐煩地吼，「你以為你是什麼大人物，誰見面都想刺殺你嗎！莫名其妙啊你！」

「……你不認識我。」一直軟弱地發抖的少年似乎終於有些回過神，他怯怯地抬頭，一雙褐色的眼睛看向紅龍，「但你也是紅頭髮，你真的不想殺我？」

「誰說紅頭髮的人就一定要殺你？」雷德覺得自己的脾氣從來沒有這麼好過，要不是看這傢伙實在太膽小、禁不起嚇，他早就一個拳頭上去了，「你是得罪了多少紅頭髮的人才有這樣的妄想啊！喂，小子，你到底是什麼來頭？」

似乎是雷德不耐煩的態度表明了他真的一無所知，少年逐漸安靜下來，注視了雷德好一會兒，終於發現自己有所誤會。

「對不起。」少年再次道歉，臉上竄升緋紅，「因為你也是紅髮，我以為你和刺殺我的那批人是一夥的。」

「嗯啊？」雷德不開心道，「誰說我是紅髮，就一定和那什麼刺殺你的鬼傢伙是一夥的？你仔細看看，我的紅髮和他們是同個顏色嗎？」

「不一樣。」大著膽子仔細觀察了雷德一會兒，少年終於發現了不一致，並為此感到雀躍，「你的髮色像火焰一樣明亮，讓人覺得很溫暖；他們的則像乾枯的血一樣暗紅，讓人覺得害怕。你的頭髮顏色真漂亮！對不起，剛才誤會你了！」
「啊……什麼啊。」雷德有些訕訕地，「你別以為說我好話，我就會原諒你。」
「是我不對，我不該輕易做出錯誤的判斷。你的頭髮顏色這麼鮮亮，一定是一個好人！」少年真誠地道歉。
紅龍一肚子的火氣，就這樣被這個人類少年用奇怪的誇讚方式撲滅了。
「你到底是誰啊？」雷德不生氣後，倒是起了十足的好奇心，「為什麼會有一群紅頭髮的人要殺你？」
「我也不知道為什麼有人要來殺我，但是姊姊說這一定都是我的錯。」
少年的眸色黯淡下去，不過很快他又打起精神來。
「我叫哈尼！」有著褐色瞳孔，長相平凡的少年對雷德伸出手，「很抱歉，剛才誤會了你，為了補償，可以讓我成為你的朋友彌補這個錯誤嗎？」
「想要做我的朋友，你還不夠格。」雷德傲慢地道。
「我也覺得我太弱了，肯定沒人願意和我成為朋友。」哈尼失落地低下頭。
這個傢伙的性子怎麼這麼軟綿呢！雷德看不過去道：
「不過讓你做我的僕人還是可以的！你叫哈尼是吧？告訴我那些想要殺你的紅頭髮的人是誰，敢欺負我僕人的傢伙，我可不會讓他們好過！」

「你的意思是……你要幫助我嗎？」哈尼感動得雙眼發亮，「你認識我還不到一天耶！」

「既然你是我的僕人，我當然不允許任何人欺負你，那樣作為主人的我會很沒面子。」雷德不滿道。

但我還沒答應要做你的僕人啊。哈尼雖然很想這麼說，但是他看著紅髮少年的臉龐，莫名有預感：要是這麼說，這個難得願意和自己做朋友的人肯定會生氣！

而且就算名義上說是僕人，其實也是朋友的意思吧。哈尼這麼想，愉快地道：「好的，我願意做你的僕人，但是我還不知道你是誰。」

「你可以叫我雷德，從今以後，我就是你的主人。」

雷德勾勾嘴角露出虎牙，算是滿意地笑了。

「那好，那你先告訴我，那些人為什麼襲擊你？還有你為什麼出現在這裡？」

哈尼十分感動，他沒有什麼朋友，就覺得雷德這樣是真的在關心自己。

「好的！雷德。不過我真的不知道那些紅髮是什麼人，除了這些，前天晚上還有一個奇怪的獸人來襲擊我。」哈尼沮喪地垂下頭，「我都不認識他們，也不知道哪裡得罪了他們，為什麼他們都非要我的命不可呢？難道真的像姊姊說的那樣，我本身的存在就是一種錯誤……」

雷德看不下去他這副自怨自艾的模樣了，上前一把拉起還坐在地上的少年。

「既然你什麼都不知道，那你先幫我辦我要做的事吧。等我找到了我的其他僕人，可以讓他們一起幫助你。你對這裡熟悉嗎？可以幫我帶路嗎？」

哈尼連連點頭。

「我小時候每年都會來一次白薔薇城，對這裡很熟的！」

「那太好了。」雷德說，「我要去薔薇騎士團，你知道他們在哪裡嗎？」

他才說完這句話，就看到少年飛快地甩開他的手，又瑟縮地躲到角落去了。

「你又在躲什麼！」雷德的火爆脾氣上來了，「不就是問個路嗎？又不是我要吃了你！」

「你……你為什麼要找薔薇騎士團？」哈尼幾乎快哭出來了，「你也是騎士團的人嗎？」

「不是，是我要找的一個傢伙在騎士團作客！」雷德氣呼呼地道，「這有什麼關係？」

「這、這樣啊。」哈尼鬆了口氣，他見雷德似乎要生氣，連忙解釋道：「如果是你朋友在那裡作客，雷德，你還是讓那個朋友小心點，最好不要住在騎士團，趕緊搬出來吧。因為——」

少年咽了一下口水，小心翼翼道：「我懷疑，那些襲擊想要暗殺我的人，就是薔薇騎士團派來的。」

†††

「派人去尋找一名十五六歲的紅髮少年，特徵的話……」

維多利安轉頭看向瑟爾。

「他很特別。」瑟爾說，「只要你們在人群中看到紅髮最亮眼的那一個，並且上前問一句話對方就會暴跳如雷，那就是雷德。」

非常形象。阿奇．貝利心想。

「請幾位不用擔心。」維多利安吩咐完騎士們，又對幾位客人道，「以騎士團的能力，不誇其他海口，要在白薔薇城找一個人還是綽綽有餘的。」

「謝謝你們的幫助，願都伊祝福你們。」艾迪真心感謝道。

維多利安雖然不信仰都伊，但還是誠摯地回以祝福。

他看向精靈。敏銳的阿奇注意到，這位風度翩翩的騎士團長似乎有話想要和瑟爾說，他連忙拉起艾迪。

「我們也不能都讓別人幫忙，走吧，我們也出去找一找。」

「咦？咦？等等，可是我還有話沒和……」艾迪被法師學徒半拖半拉著，跌跌撞撞地走出了房間。

現在，大廳裡只剩下薩蘭迪爾和維多利安。

「感謝你願意幫這個忙。」薩蘭迪爾道，「我想既然現在雷德的事不會有太大的問題，也是時候該談一下我們之間的話題。」

維多利安微笑，他似乎一直在等這一刻。

「是的，請您往這邊走。」

代團長將精靈帶到一間書房，可以看出這個房間做了仔細的布置，瑟爾心想，這裡一定請法師準備了不止一個防止竊聽和偵測類的法陣。維多利安會選在這裡談話，顯然是不願意被不相干的人打擾。

「薩蘭迪爾閣下。」

一進入房間，請精靈落座後，代團長就正色道：「我就直接開門見山了。相信您已經看出來了，雖然由我來說有些難以啟齒，但其實我們迎接您回來，並不完全是為了遵守南妮騎士留下來的誓言。」

「南妮是南妮，你們是你們。」薩蘭迪爾說，「她雖然建立了騎士團，但是現在生活在這裡的是你們，你們並沒有義務替她履行承諾。不過我還是很感謝你們一直維護她的名譽和她悉心建立的騎士團。」

「實在慚愧。」維多利安羞愧道，「我們比起南妮騎士實在差遠了。不知您對王國的現狀瞭解多少？」

「不是很多。」薩蘭迪爾回答，「只知道老國王病重，其他幾位王子在爭奪儲位，而你們即是他們想要爭取的對象，又是他們的眼中釘，不過都是小道消息。」

「小道消息嗎？」維多利安苦笑，「卻也八九不離十了。您說的沒錯，如今薔薇騎士團正處於這個尷尬的局面，但其實局面比外面傳言得更糟。我們騎士團雖然是南妮騎士建立起來的，但是這些年一直在接受王國的資助。您眼下看到的這個駐地，也是前幾任的某位國王賜予我們的。說來慚愧，我不是一個善於經營的團長。」

瑟爾明白了，薔薇騎士團威名赫赫，實力強大，但它同樣也是一個讓人無法承受的財力重負。騎士團人員的日常花銷、駐地的維護和管理、騎士們器械和馬匹的保養還有其他花費，這些加起來可不是一個小數目。

瑟爾可以看出來，維多利安是一個實力強大，也深受屬下愛戴的騎士，但是你要求一名騎士同時也是一位成功的商人，可以運轉這麼一個龐然大物還要保證不會入不敷出，那就太為難他了。

表面的光鮮亮麗下，其實是不為人知的辛酸。

瑟爾問：「有人拿這些威脅你們？」

「如果僅僅是這樣倒是還好。」維多利安說，「我們不想攪入王位爭奪中，即便被人抓住經濟把柄威脅，忍耐一時、等到一切塵埃落定，總是有辦法的。但是——」

他抬眸望向精靈，英俊的臉龐露出苦惱的神色。

「還不僅如此。您知道利西貝坦家族嗎？就是南妮騎士出身的那個家族。」

不等精靈點頭，代團長就續道，「因為南妮騎士是我們騎士團的創始人，所以名義上，每一代利西貝坦家族的繼承人都有資格成為騎士團的團長——只要他們通過考驗的話。

說實話，我並不是想要獨掌權柄，也不排斥讓南妮騎士的後人來管理騎士團。只是，如果這位繼任者並不是一個英明的領導者，還容易受到其他貴族擺弄，那麼他只會將騎士團引向覆滅。」

瑟爾似乎明白了什麼。

「你們並不看好利西貝坦家族的這一任繼承人，不想讓他通過考驗？」

維多利安臉色淡淡的：「他並沒有這樣的魄力。」

†††

「我是說真的，真的！」哈尼焦急道，「我敢保證，暗殺我的人肯定是那個騎士團派來的！他們是最大的嫌疑人！他們不想讓我繼承騎士團，肯定會想法設法要阻撓我。」

少年說著，眼中又有淚水要掉下來。

「可我也不想繼承騎士團啊，我一點都不合適，比起我，不如讓羅妮去……」

「等等！等等！我一點都聽不懂你在說什麼。」雷德阻止他一股腦地說下去，「你給我解釋清楚一些！」

「我已經說得很清楚了。」哈尼可憐巴巴地看著紅龍少年，「雷德，你是不是有點笨啊？」

——砰！

雷德看著倒栽蔥地栽進花壇裡的少年，犬牙微露。

「你再說一遍試試？」

「是我，都是我口齒不清，沒說清楚！」哈尼艱難地爬起來，左右看了看，「換個地方吧，等我們離開這裡，我再跟你好好解釋。」

少年們換了一個隱蔽的地方，哈尼耐心地一番解釋之後，雷德終於明白了。

「簡單來說，就是現在有一樣東西是屬於你的，但是現在的主人不想給你，所以你懷疑是他們派人暗殺你？」雷德雙手抱拳，「那還猶豫什麼？該是你的，就搶回來啊！你有沒有種啊小子？」

哈尼瑟瑟道：「那很麻煩的，我才不想要。」

雷德頭上冒火：「我怎麼會有你這麼孬種的僕人！你等著，薔薇騎士團是吧，你現在就帶我找上門，然後我去把他們打一頓，把東西還給你！」

「噯，不要，別去！」哈尼見狀，連忙飛撲上去抱住紅龍的腿，「別去啊，雷德，不要惹麻煩，我不想招惹人家。」

「人家都來暗殺你了，你還不想招惹別人！」

「這不是……還沒暗殺成功嗎？」哈尼囁嚅道。

「啊？」雷德聞所未聞這種調調，向來囂張的紅龍少年難以置信地看向哈尼，「你是不是男人啊？我看就算是個雌性，也比你有骨氣。你過來，讓我驗驗貨！」

雷德說著就要去掏哈尼的褲襠，少年滿臉通紅地阻擋著。

「他的確是個男性。」

一道譏諷的聲音，在兩人身後響起。

「如果他是一位女性繼承人，那就不會有現在這麼多麻煩了。」

「誰？」

「啊！刺客！」

雷德和哈尼的反應截然不同。

紅龍少年聽到陌生的聲音，下意識就弓起背，做出攻擊的姿態；哈尼則是無比順手地躲到雷德身後，熟練得像是做了無數遍。

「哈，原來是你。」雷德看清楚來人，不耐煩地挑了挑眉，「你來找我做什麼，法師？」

伯西恩秉承著他神出鬼沒的特性，出現在兩個少年身後，不過他現在沒有興致解答雷德的疑問。

「看來你們倆的躲貓貓遊戲，很快就要結束了。」

法師黑色的瞳孔看向巷口，露出一絲趣味。

就在他說出這句話的同時，一直隱蔽在巷口的人影終於發動了攻擊。

咣——！

閃著寒光的長劍在即將撞上法師的前一刻，被他用無形的護罩擋下。流動的風在伯西恩手中被捏成一道不可見的屏障，堅硬無比。

一次攻擊不成，對方並沒有放棄，而是換不同的角度一次一次攻擊，想要找出屏障的破綻。然而，每次在劍客攻擊之前，伯西恩都像能預料到對方下一次攻擊的頻率般，精準無比地擋下。

多次嘗試後，對方終於收回長劍，在原地擺出一個戒備的姿勢站定。

「你是從哪裡來的，法師？」

出乎意料地，這個劍客開口竟然是清脆悅耳的少女嗓音。

「能同時使用元素系和預言系的無聲法術，白薔薇城內可沒有這樣的人物。」

世人皆知，法師們使用法術總要念一段長長的，幾乎是累贅的咒語，偶爾在施展大型法術之前，還要準備許多複雜的施法材料。伯西恩剛才施展的兩個法術──「元素掌握」和「提前預知」（一個用來改變元素的形態，另一個可以在極短時間內預知對手的動作）都是沒有吟誦咒文的，能施展無聲法術的能人少之又少，何況還是兩個不同系別的法術。

伯西恩當然沒有回答這個問題，事實上，他向來不是個有耐心到會好心解答疑問的傢伙。

在他身後，另一個人卻驚呼出口：

「羅妮姊姊！」哈尼驚訝，「妳怎麼找到這裡來了？」

被稱為羅妮的女劍客摘下兜帽，瞬間一頭絢爛的紫羅蘭色長髮從帽檐下傾瀉而出，只見她高高紮著馬尾，顯得英姿颯爽，現在這幅美麗又咄咄逼人的面容正不耐地看向哈尼。

「要不是某個膽小鬼離家出走，我需要找到這裡來嗎？」

羅妮．利西貝坦看向自己的弟弟，眼中露出嘲諷。

她實在是太美了，又有一副天生不容侵犯的氣質，哈尼被她這麼一瞪，頓時像泄了氣的皮球，什麼話都不敢說。

雷德看不下去了。

「喂，妳這傢伙，怎麼敢這樣跟我的僕人說話！」

紫髮的少女一愣，隨即羞惱地看向哈尼。

「你這個愚蠢的傢伙，我原來以為你笨到不可原諒已經夠了，沒想到你還這麼沒有廉恥，竟然隨便認一個不知哪裡來的小鬼為主人。哈尼，你究竟還有沒有把利西貝坦家族的榮譽放在眼裡！」

雷德氣不打一處來。

「妳說誰是小鬼？妳這個胸前長著兩團肉瘤的人類雌性。」

羅妮呼吸一窒：「何等……何等粗俗！這樣的貧民，你也與他來往？哈尼，快給我從他身邊滾過來。」

兩邊正在爭執，小巷又迎來了新的客人。

「什麼聲音？」

「這裡好像有人……有一個紅髮的！」

窸窸窣窣的腳步聲從巷口傳來。

法師看了一眼，不滿地嘟囔：「滿地都是騎士。」

啪的一聲，他又像來時一樣瞬移離開了。從頭到尾，沒人弄明白他為何會恰巧出現在這裡。

幾乎是同一時間，利西貝坦家族和維多利安收到了彙報。

「大人。」

「閣下！」

「——人找到了！」

光與暗之詩

DEAR MY THRANDUIL

CHAPTER NINETEEN

傳承

利西貝坦家族與薔薇騎士團的關係從曾經的親密無間，到如今互相防備，可以說十分戲劇性。

薔薇騎士團最早的創始人，是復興了利西貝坦家族的偉大先人——南妮．利西貝坦。在她的父親和兄長先後遭到敵對勢力刺殺後，這位不滿十五歲的少女披起鎧甲，握起長劍，為她的家族和人民戰鬥。她的勇敢一直被人歌頌，而她所建立的功業也毫不遜色於她的勇敢。

正因為有這麼一個出色的先祖做範例，利西貝坦家族之後，每一代都會湧現出優秀的女性人物。她們雖然不是各個都像南妮一樣英勇善戰，但也在各自的領域上奮鬥出不俗的成績，可謂是巾幗不讓鬚眉。

這一百五十年來，六任家族繼承人中有四名是女性，這也足以顯見這個家族中女性成員的優秀。

而薔薇騎士團作為南妮創建的產物，也一直與利西貝坦家族息息相關。在南妮之後繼承騎士團的團長曾經發誓，只要利西貝坦家族中出現一個足夠優秀，並且願意繼承騎士團的繼承人，薔薇騎士團永遠願意奉他為主。

這曾經被人傳為一段美談，如今卻成了一個麻煩。

如今利西貝坦家族野心勃勃，想要掌控薔薇騎士團，騎士團卻不願意成為他人手中的傀儡。

「也許世人會說我們背信棄義，忘記南妮騎士曾經的恩德。」維多利安說起這一段往事的時候，也是心事沉重，「如果利西貝坦家族只需要我一個人效忠，我自然願意遵守誓約，但是……」

但是現在的薔薇騎士團已經不是南妮建立的那個騎士團了，它有血有肉，不斷補充著新的生命，與越來越多的血脈相連。每一個騎士背後都有一個供養他的家族，而一整個騎士團能牽扯多少利益！將這一個龐然大物交到某一個人、某一個家族手中，得以想見會造成什麼禍端。

「利西貝坦家族的現任繼承人前日已經到了白薔薇城，他這次是來接受傳承考驗。」維多利安說，「騎士的誓約不可違背，一旦他通過了考驗，他就將是薔薇騎士團的新主人。」

精靈想，當年那個與利西貝坦家族許下諾言的騎士團團長，有沒有料想過這一天呢？

那一名團長或許是為了感恩南妮的栽培，才許下這個誓言，他不會料到有一天沒有了南妮的利西貝坦家族會不再是原來的利西貝坦，而沒有了南妮的薔薇騎士團也不再是原來的薔薇騎士團了。

他們卻受到誓言束縛，直到今天。

說起傳承，薩蘭迪爾又想起來到這裡前，利西貝坦家族的繼承人遭到赫菲斯的聖騎士們襲擊的事。那次襲擊，會不會和這次即將進行的傳承考驗有關呢？

「我能幫到你們什麼？」他沒有細想下去，而是問，「雖然騎士團是南妮為兌現與我的諾言所建，但是我不可能一直留在白薔薇城，而諾言——如你所說，諾言總會隨著人心和世事的變幻，而面目全非。」

薩蘭迪爾對維多利安告誡道：「如果你想讓我出面保下騎士團，這並不是一個好主意。」

「當然不是……」

代團長正要開口解釋，書房中點亮的燭火突然閃爍了一下。

有人在門外敲響門扉。

「團長、薩蘭迪爾閣下。我們找到那一位紅髮少年了。」

†††

「什麼！」

男人聽到消息，氣憤地甩手道：「誰讓那小子隨便跑出去的！竟然還讓他遇到薔薇騎士團的人，這是嫌我們現在還不夠麻煩嗎！」

「親愛的，冷靜一些。」

在他對面，坐著一位雍容華貴的女人。她有一副豔麗的容貌，如果仔細看，便會發現模樣與羅妮·利西貝坦有幾分相似。只是年輕的少女劍客多了幾分英姿，而這個女人有著成熟的嫵媚，宛若一朵熟透的紫葡萄，誘惑人去品嘗。

「就算哈尼與薔薇騎士們見面了，又怎麼樣？現任的代團長並不喜歡他，那小子本身也是個沒用的懦夫，你還擔心他可以通過傳承考驗？」

「但是……但是我聽說，他還和薩蘭迪爾身邊的人見面了，那個一直跟在薩蘭迪爾身邊的紅髮小子！」男人緊張道，「薩蘭迪爾會不會因此注意到他？還有，那個少年也是紅髮，他和那些該死的赫菲斯騎士是什麼關係？該死的，他們總是這樣兩面三刀。」

女人見他這副模樣，眼中閃過一絲不屑，但還是儘量柔聲安撫他：

「這有什麼關係呢？我們的羅妮不也見到了薔薇騎士，和薩蘭迪爾的親信嗎？親愛的，你要相信，將羅妮和那個蠢小子擺在一起，沒有任何人會選擇那個廢物。」

男人似乎稍微放下了心，看著柔聲安撫自己的美貌女人，眼中閃過一絲色欲。

「羅莉娜。」男人摟住女人纖細的腰肢，「只有妳，才能明白我的心思。」

「喔，親愛的……」

兩人摟在一起，氣氛正變得曖昧，啪達一聲！大門被人一腳用力踹開了。

「抱歉，叔父、母親。」

少女冷冰冰的聲音從門口傳來。

「看來我來的不是時候。」

「咳咳。羅妮，妳這個孩子。」男人立刻尷尬地放開手，「我和妳母親只是在討論事情……」

「我親愛的小蜜蜂。」羅莉娜倒是一點都不緊張，看向自己的女兒，「聽說妳遇到薔薇騎士了，怎麼樣，有什麼想法？」

像是想起什麼，羅妮．利西貝坦冰冷的目光變得稍微緩和，她譏誚地掃過這一男一女。

「很不錯。」她說，「那註定是屬於我的騎士團。」

少女說著，又拉上大門走了。

「希望不要閃到您的腰了，叔父大人。」

只是臨走前，她譏諷的聲音還從門外傳來，刺進男人的耳膜裡。

男人，利西貝坦現任當家的弟弟——尤里安·利西貝坦尷尬地道：

「她這個樣子……」

「親愛的，我們的羅妮正值叛逆期呢。」羅莉娜微微笑道，「而且很多事情，她現在還不知道。」她張開誘人的紅唇，「如果她知道你才是她親生父親，一定不會這樣忤逆你。」

「是的，是的，羅妮還不知道這一切，還不能告訴她，等到我繼承了家主之位……」

看著男人念叨的背影，羅莉娜眼中閃過一道譏諷。

這個家族的男人總是這麼懦弱無用，好像他們家族裡剛強英勇的人，都隨著一百五十年前戰死的南妮騎士的父兄一起葬送了。

只有我，只有我可愛的小蜜蜂。

女人甜蜜地想。

只有我可愛的女兒，才配繼承這一切。任何人都不能阻撓她。

尤里安·利西貝坦並沒有看到在他身後，前一刻還情意綿綿的女人，此時正用多冰冷的目光注視著他。

「雷德．玻力西米安……龍塔索爾！」

在眾人面前，薩蘭迪爾第一次喊出了紅龍少年的全名。

然而在其他人聽來，精靈只是張口說出了含有無形力量的詞語，震得他們耳膜嗡嗡作痛，卻根本什麼都沒有聽清。

†††

被喊出全名的雷德則像是被念了定身咒一樣，僵在原地，動也不能動。

「不可能！」紅龍少年抗議道，「為什麼你會知道我的真名！」

真名是有力量的，現在薩蘭迪爾就在用這份力量，小小懲戒這隻冒失的紅龍。

「為什麼？你的名字有一部分還是我替你取的，你以為是為什麼？」薩蘭迪爾冷笑道，「還有你以為這裡是……嗎？玻力西米安……龍塔索爾！現在可不是你隨意遊蕩的時候，你知道你給多少人添了麻煩嗎！如果你還不知悔改，那下次就直接跳到惡魔深淵裡去好了。」

阿奇．貝利捂著耳朵。天啊，這究竟是在折磨雷德還是在折磨我們啊？

薩蘭迪爾每說出一句他們不能聽的詞語，在場的人類耳中都會響起鐘鳴一樣的聲音，震得他們腦袋發暈。

受到影響最深的還是雷德，被連續喊了兩次真名，還是由薩蘭迪爾這種有實力的人物喊出，他的臉色已經微微發白。

如果薩蘭迪爾有意，僅憑剛才的這份力量，就可以強迫雷德成為他的巨龍坐騎了。

「我沒錯。」紅龍少年倔強道，「我有什麼錯！是你，你只知道四處遊山玩水，緬懷你所謂悲傷的過去，根本忘了去找迪雷爾叔叔！你根本不把這件事放在心上。」雷德眼眶通紅，「既然你不找，還不允許我出去找嗎！你這個可惡的精靈！」

全場一片寂靜，雷德說的話不含有莫名的力量，所有人都聽見了，也因此沒有人敢在此時去看薩蘭迪爾的表情。

完蛋了。艾迪想，為什麼伊馮隊長不在這裡？快來救救我吧！

薩蘭迪爾沒有如人所想的憤怒，或許該說他憤怒了，但這份怒火是冰冷的。

他伸出手，來自於以利的神力貫穿在他掌中。

「雷德。」精靈說：「我要關你一周禁閉。」

下一瞬，紅龍少年憤怒不甘的臉龐連同以利神力的白芒，一同消失在眾人的視線中。

沒人知道他去了哪裡，也沒人知道薩蘭迪爾做了什麼。

騎士們怔怔地看向薩蘭迪爾，知道雷德真實身分的艾迪和阿奇更是錯愕不已。

精靈就這樣將一頭紅龍，毫無反抗地關入未知的空間，多可怕的力量！

如此輕而易舉，叫他們認識到了彼此之間深不可見的溝壑。

「傳承考驗是在一周之後嗎？」薩蘭迪爾再次向人詢問。

維多利安神色複雜地看了他一眼。

「是的，閣下。」

「我會到場的，作為見證人之一。」

丟下這句話，精靈也消失在樓梯的盡頭。

從頭至尾，他都面無表情，直到進了房間，這幅面具才皸裂一角，薩蘭迪爾的身體不受控制地前傾。

昏暗中，有人嘆了口氣，穩穩地扶住了他。

「你這是白費力氣。」

伯西恩扶起精靈，很快又鬆開手退後一步。

在他退開一步後，雷德突然出現在法師原來所站的地方，只是紅龍少年現在昏睡著，再也沒有了平日的跳脫與活潑。

伯西恩看了一眼紅龍，又轉向注視薩蘭迪爾。法師注意到，精靈的額角已經掛上了汗水。

「現在局面混亂，襲擊紅龍迪雷爾的真凶還不明，這個小子到處亂晃，不知道什麼時候會被人下黑手。你何必吃力不討好？你想保護他，可他只會記恨你。」

「那是我的事，與你有什麼關係？」精靈冷笑說。

自討苦吃。伯西恩悶悶地想，不知道是在說精靈，還是在說自己。

「不過你這次的實驗，也算是讓我們明白了一件事。」伯西恩看著昏迷不醒的雷德，若有所思，「僅僅是將一隻未成年的紅龍困在異空間這麼一下子，就讓你耗費如此多的神力與體力，那要將一隻成年的紅龍束縛在異空間（兩人討論過，這是唯一可行，且神不知鬼不覺的綁架方法）成功綁走，對方的實力簡直深不可測。」

伯西恩問：「火神與水神不過是新晉的神明，他們有這樣的能耐？」

薩蘭迪爾輕笑一聲，「你是不是太高估我了？」

他抬起頭，銀色的睫毛因為汗濕而微微發抖。

「竟然將我與神明相提並論。」

看著他這一刻的表情，伯西恩的心跳驀然快了一瞬。

神明？

他想，那又如何與你相比？

我不需要任何人愛。

伯西恩．奧利維如是想。

也不需要去愛任何人。

† † †

本應該是這樣的，可是他現在站在獸人山麓的冰天雪地裡，突然有些不明白自己在做什麼。

雪地上，赫菲斯的聖騎士和德魯伊留下來的氣息已經微乎其微。即便再探索一番，法師也一無所獲。

他站在皚皚白雪中，與其說是在找線索，不如說是在出神。

這在以往可是十分罕見，對於法師伯西恩來說，時間非常寶貴。除了衣食住行必要的耗費之外，他剩下的時間不是用來冥想，就是用來思考法術的運用，很少會這樣毫無所用地荒廢掉。

這種荒廢在最近變得越來越頻繁，同時頻繁出現的，還有某個精靈那張總是冷漠傲慢的面孔。

我這是怎麼了？

伯西恩不明白，他覺得自己可能是中了某種影響神志的幻術，或者是接收「預言師奧利維」的記憶造成的影響還沒有恢復。總之，這並不是真正的他。

他也不喜歡這種失控的感覺。要儘快解決精靈的麻煩，然後讓精靈解決掉自己的麻煩，交易結束後就再無牽扯。

風中傳來了鳥鳴聲，一隻藍色的翠鳥停在伯西恩肩頭。小鳥親密地攀著法師的肩膀，不斷嘰嘰喳喳地傾吐著什麼。

「是嗎？」

伯西恩眼神一銳，下一瞬間，他便消失在雪山之間。他的瞬移法術總是運用得如此熟練。

半個星時後，法師出現在薩蘭迪爾在騎士團駐地中的房間，兩人互相譏嘲了一番後，法師離開。

一個星時後，法師跟隨著德魯伊的氣息，出現在小巷之中，與羅妮・利西貝坦打了一架，再次離開。

現在，他再次出現在薩蘭迪爾的房裡，看著精靈因為過度使用力量而氣息不穩。

伯西恩又一次搞不懂自己。他應該繼續跟著哈尼——那個沾有德魯伊氣息的利西貝坦家族繼承人，直到弄清楚消失在雪山的德魯伊為何會和這個小鬼牽扯上。可是他為何又回到這裡，完全做出了不合理智的判斷？剛才甚至有一瞬，他被這個精靈的容顏所惑。

是幻術加深了嗎？還是精靈有某種自帶的迷惑術？伯西恩蹙眉思考。

瑟爾見法師突然不說話，抬頭看了對方一眼，發現法師似乎陷入了深思。他悄悄鬆了一口氣，至少不會有人再注意自己現在這幅狼狽的模樣。

他有多久沒有這麼狼狽了？

瑟爾躺倒在沙發上，長長地吐了一口氣。他已經沒有力氣再去管躺倒在冷冰地板上的雷德了。要轉移一個單位的紅龍到異空間，遠比想像中費力。

「你有一點說對了。」瑟爾承認，「能將迪雷爾以同樣的方式轉走，即便是神明也不可能輕易辦到。至少，除了實力強大的少數幾位神明，其他任何一位神明都不可能單獨做到，更何況是赫菲斯那樣新生的神祇。」

「所以現在嫌疑人的範圍不止是火神與水神？」

伯西恩抽回思緒看向精靈，可僅看了一眼，就像被燙到一樣轉開了目光。

瑟爾莫名其妙地看著他。

「我在你那位老友的後人——哈尼．利西貝坦的身上感應到了德魯伊的氣息，就是我們之前在雪山跟丟的那個德魯伊。」法師轉移話題道，「若能找到這名德魯伊，弄清楚他為何會與赫菲斯的聖騎士們戰鬥，情況就會清晰一些。」

「哈尼・利西貝坦？」瑟爾果然被轉移了注意力，「這是怎麼樣的小夥子？他長得像南妮嗎？性格呢？」

果然一牽扯到故人，這個精靈的態度就不一樣了。伯西恩心中被微妙的不滿充斥著，以至於有些不理智地回答：「我又怎麼會知道，我沒見過南妮・利西貝坦。」

瑟爾疑惑道：「可是你接受了奧利維的記憶，你認得我，應該也認得……」

沒等他說完，伯西恩就少見地打斷他。

「你以為法術是什麼？接受另一個人的記憶可不像喝口水那麼輕鬆。我能通過奧利維的記憶認出你，是因為他的記憶中最清晰的人物只有你。只有你……」

伯西恩豁然開朗，他看向精靈，黑色的眸中神光微閃，「我明白了。」

瑟爾怔然。

「比起親人，比起家族，比起任何人，對於『預言師奧利維』而言最重要的人是你。他可以不記得其他人，與你相處的每一分每一秒卻都記得清清楚楚，清楚到讓我這個旁觀者想忘都忘不掉。這說明什麼？」

伯西恩每說一句話，就覺得一種難言的暴躁充斥在心中。

最後他低聲道：「說明他愛你。」

是啊，原來如此，不過就這樣簡單。這句話說出來後，伯西恩像是卸掉了一個沉重的包袱。

愛上精靈的是「預言師奧利維」，而不是自己，他只是受到奧利維的記憶影響而產生了某種移情。想通這一點的瞬間，伯西恩終於可以不用再受困擾，他還是自己，他該感到慶幸才對。

「你說什麼！奧利維他不可能……」瑟爾卻大吃一驚，銀眸中盛滿了錯愕。

伯西恩現在的心情卻比他更複雜，有輕鬆，卻也有某種遺憾。

他告誡自己不該再和這個精靈牽扯不清了，於是法師冷冷道：

「這是你們之間的事。現在，重點是哈尼．利西貝坦。」他喚回瑟爾神遊天外的思緒，「這個傢伙先後被赫菲斯的聖騎士和德魯伊盯上，僅僅因為他是一個人類貴族的繼承人？」

好不容易從剛才的衝擊中收回思緒，瑟爾思考說：「這要親眼見過他之後才可以斷定。」

「那你最好儘快去見他一面。」

法師丟下這一句，又打算不告而別。

「等等！」瑟爾喊住他，「告訴我，你剛才說的那些只是在開玩笑！」

伯西恩黑色的眸子望向他：「如果奧利維愛著你的這件事讓你如此困擾，你就該自己釐清。我只是個外人。」

我只是個外人。他最後一次對自己說了一遍，離開了房間。

如果瑟爾對奧利維也有同樣的感情，日後知道真相的精靈只會想要殺了他。

「……不可能。」

在法師離開後，瑟爾還愣神許久。法師剛才那番話的影響，遠比他想像中得大。

奧利維對瑟爾來說，更像是一個同伴，一個可以依靠的戰友。在退魔戰爭後，為了不再連累僅存的故友，瑟爾選擇了避而不見、疏遠對方。但是如果真如伯西恩所說，奧利維對自己抱有某種情感，那麼這一百多年來，瑟爾自以為是的「保護」對於奧利維來說，是不是更是一種折磨？

精靈不敢再細想下去。

「奧利維……」他喃喃念叨著故友的名字，「我一定會儘快找到你。」

無論有什麼疑問，不如找到當事人再當面問清楚。到時候不管是怎樣的情感，瑟爾相信自己都能遊刃有餘地去面對。

請你一定要平安無事，奧利維。

因為各種各樣的原因，瑟爾有了更加強烈、想要查清真相的願望。然而還沒等他去找哈尼．利西貝坦，第二天，這個傢伙就主動送上門來了。

當這個小傢伙出現在薔薇騎士團駐地門口的時候，誰都料想不到。而他那一副捨生取義，彷彿要上刑場的表情，更是令周圍的人哭笑不得。

薔薇騎士們對這一位名不符、實也不符的利西貝坦家族繼承人，可以說是心思複雜，不過在聽到對方是上門來要求見薩蘭迪爾時，騎士們都不敢不向精靈通報。

瑟爾從樓上下來的時候，見到的就是少年一副等待行刑的害怕表情，他瑟瑟發抖地站在薔薇騎士們的包圍之中，像一隻被狼群包圍的小羊。可以看出他是真的害怕，冷汗已經爬滿了臉龐，但即便如此也沒有露出半分想要打退堂鼓的意思。

「你是哈尼．利西貝坦？」

哈尼聽到一個清越的聲音在耳邊響起，連忙睜開閉得緊緊的雙眼。

「啊，您、您是……」少年看向薩蘭迪爾，目中滿是驚訝與讚嘆，「您就是薩蘭迪爾閣下。」

「你可以叫我瑟爾。」瑟爾露出一個笑容。

「是、是的。」

大概是少年瑟縮的表情格外能引起別人逗弄他的興致，精靈難得壞心眼道：

「那麼你來找我是為了什麼？」他看了周圍的薔薇騎士們一眼，「是要我放你一馬，讓你順利通過傳承考驗嗎？」

什麼！

薔薇騎士們如刀似劍的目光齊刷刷向哈尼瞪去。

哈尼心中喊冤，被那些目光嚇得無法說出一整句完整的話。

「不，不是的，考驗什麼的我不在乎……」

薔薇騎士們的目光又是一閃。

「不不，是我不敢奢想。」哈尼連忙改口，幾乎懇求般地看向瑟爾，「薩蘭迪爾大人，我來是懇求、懇求您……」

瑟爾饒有興致，想知道究竟是什麼給了這個膽小的少年勇氣。

「——懇求您解除雷德的禁閉！」哈尼深呼吸後一口氣道，「請您放了他吧！求求您！」

少年的心臟怦怦地跳，說出來後又不免感到後悔。

你在說什麼呢？哈尼．利西貝坦，為什麼不把話說清楚，告訴薩蘭迪爾閣下，雷德是因為想要幫自己才耽誤了時間，讓他解除對雷德的禁閉？

但是一對上精靈那雙冷銳的銀色雙眸，哈尼就結結巴巴，感覺自己什麼都解釋不清楚了。

我怎麼這麼沒用。哈尼自怨自艾地想，卻在此時，他聽見了精靈的聲音。

「要我放了他不是不可以。」瑟爾看向這個孱弱瘦小的少年，「但是雷德是因為自己的錯誤才要接受懲罰，哈尼，如果我放了他，你是否願意代替他受罰？」

「我願意！」哈尼連忙道。

瑟爾好笑：「你知道懲罰是什麼嗎，就說願意？」

「不管是什麼懲罰。」哈尼囁囁嚅嚅，「反正、反正我願意就是了。」

他猛地抬起頭來，「您答應我了！可不要出爾反爾！」他這時候才算是有了幾分勇氣。

「為什麼？」瑟爾若有所思地問，「雷德與你相識不過一日，你們甚至還不夠瞭解彼此，為什麼你就願意替他受罰？」

「因為他是我的朋友啊。」

哈尼理所當然地回答，毫不猶豫，彷彿這是一個不需要思考的答案。

瑟爾笑了，然後，他說出了一句讓在場所有人都目瞪口呆的話。

眼前這個少年，不夠強大，不夠自信，不夠勇敢，所有人都說他不配做利西貝坦家族的繼承人，包括他的敵人，他的家人，甚至是他自己。

然而瑟爾卻說：

「你真像她。」

這句話說出來，幾乎所有人都明白精靈口中的「她」是指誰。換作任何人，能被人與自己偉大的先祖相比，都該感到榮耀吧。

然而令人出乎意料的是，哈尼還是一副快要哭出來的表情。

「我……我不像她。」哈尼說，「我是男孩子。」

瑟爾上下掃了他一眼，在某個部位重點掃過。

「看得出來。」

「我長得也不像。」哈尼用哭音道，「而且我很沒用，到現在連劍法都練不好，連見習騎士都不是。您要是那麼想的話，會很失望的……對不起。」

少年說著說著又低下頭，像是害怕面對對方指責的眼神。那對他來說，比任何刀山火海都還要可怕。

瑟爾輕輕嘆了口氣，他注意到了周圍薔薇騎士們看向哈尼時，那種失望又輕視的眼神，也總算明白了代團長維多利安那句「他沒有那種氣魄」的含義。

哈尼．利西貝坦是個善良，也願意為他人著想的孩子，他若生在普通的家庭應該會幸福一些，可他偏偏生在這個權力交迭的時代，背負著不該背負的重擔。即便他自己選擇放棄，別人也不會輕易饒過他。

哈尼聽見了精靈的嘆氣，心裡更加難過心酸。

我又讓一個人失望了，他想，都是我的錯，明明沒有能力卻還占著不屬於自己的位置。

「哈尼。」

卻在此時，他再次聽見瑟爾開口。

「我換個條件。」瑟爾說，「我可以解除雷德的禁閉，前提是，你要通過一周後的傳承考驗。」

「什麼！」

這次大叫出來的不僅是哈尼，連薔薇騎士們都驚呆，以為他們集體幻聽了。

「您怎麼可以這樣！說好了只要我代替雷德接受懲罰就可以了。」哈尼一副被欺騙了的傷心表情，控訴地看向精靈。

「是的，我出爾反爾了。」瑟爾冷聲道，「可你又能怎樣？你有能力打倒我嗎？你有能力解放雷德嗎？你所渴求的一切，都需要仰仗我才能實現，你有什麼資格和我談條件？」

他這般冷酷的聲音和之前和顏悅色的模樣截然相反，哈尼臉色一白，低下頭，沉沉道：「……我沒有。」

「很高興你意識到了這一點。」瑟爾說，「所以要想實現你的願望，不管我開什麼條件，你都要滿足。這就是沒有力量而受制於人的下場，你明白嗎？」

「可是你之前說好，只關雷德禁閉一周的。」哈尼反駁道，「一周之後雷德的禁閉時間都過了。即便我通過了考驗，也沒什麼意義，這對我來說不公平。」

喔，這小傢伙還有一點斤斤計較的小聰明，也不是完全沒得救嘛。

「如果你能通過考驗，」瑟爾微笑道，「那麼除了解除雷德的禁閉外，我還會給你另外一個獎賞。」

哈尼卻對這個獎賞不太感興趣的樣子。

精靈不得不威脅他。

「相反，如果你沒有通過考驗，我將不只關雷德一周，禁閉將無限期延長，直到我願意放他出來為止。」

哈尼驚訝地看著他，一副沒想到你竟然是這種人的表情！

「我知道你想說什麼，我是隨意改變了對你的許諾，但是你知道為什麼我能夠這樣嗎？」瑟爾問。

「知道。」哈尼沮喪地說，「因為你比我強大。」

他似乎明白了一點現實。

「不，是因為你太弱了。」瑟爾直視著他，「弱小本身不是錯，但是因為弱小而無法保護自己想要守護的人，這就是你的罪責。」他像是在透過哈尼，痛斥著以前的自己，「你以為自己一味地退讓，就可以一了百了？哈尼・利西貝坦，你只是在逃避現實而已！」

精靈最後告誡說：「兩日後，如果你沒有通過傳承考驗。我將會對雷德實施新的懲罰。」

哈尼失魂落魄地走了。

瑟爾注視著他離去的瘦小身影，在騎士團駐地的高聳圍牆襯托下，哈尼宛如一棵不堪風雨折磨的幼苗。

「你在做什麼！」

他的背後傳來怒吼。

「你把他逼到這個地步，會將他徹底毀了！」

維多利安匆匆趕來，第一次對精靈露出不敬的表情。

高大英俊的代團長大人像被瑟爾徹底激怒了，看來他剛剛從其他薔薇騎士們那裡得知了瑟爾與哈尼的約定。

「我以為你會因為我把騎士團的未來交托在一個『沒魄力』的人肩上而生氣。」瑟爾注視著他，「沒想到你更關心的是哈尼。」

「……他是一個好孩子。在他還小的時候，每一年都會和其他貴族一起到騎士團裡接受訓練。」維多利安揉揉眉心，嘆了口氣，「但他不適合成為薔薇騎士團的繼承人。您這樣逼迫他，只會毀了他。」

「南妮當年選擇成為騎士的時候，所有人也都認為她瘋了。」瑟爾突然開口，「她的父親和兄長相繼被刺殺身亡，為了家族著想，她最應該做的就是嫁給一個門當戶對的貴族，透過聯姻來延續和保護利西貝坦的血脈，但是她選擇了所有人都不看好的一條路，並且一直走到了最後。」

維多利安不同意道：「但那是南妮騎士自己選擇的道路！」

「那你以為她有得選嗎？」瑟爾吼回去，「一個從來沒有接受過一天武士訓練的貴族女孩，突然拿起長劍成為騎士，你以為這是她一開始想要過的生活？南妮只是一個普通女孩，當她的家族完好的時候，她每天想的都和其他女孩一樣，就是要怎樣才能吸引你這種英俊騎士的注意力！」

維多利安啞口無言。

「但是世事讓她無從選擇。如果不想聯姻，成為別人的傀儡和生育機器，她就只能靠自己奮鬥。」

「您的意思是，對哈尼而言，也是如此。」維多利安問。

瑟爾沉聲說：「不。對哈尼而言，情況更嚴重。如果無法通過考驗，他將面臨的只有死亡。」

†††

哈尼一邊走一邊抹眼淚。

沒想到薩蘭迪爾是這種人！不對，沒想到他是這種精靈！

他既難過又傷心，不僅是為了雷德而傷心，更是為了自己心目中的英雄破滅而傷心。

「你又在哭什麼？」

回到家族在王城的臨時住址，羅妮看見他一副哭喪的表情，又是滿心怒火。

「聽說你去薔薇騎士團了？」少女質問他，「你知道現在是什麼時期嗎？考驗在即，有多少人想要你的性命？我特地趕來王城保護你，你可別讓我白忙一場！」

「羅……羅妮姊姊。」

「一周之後的傳承考驗，以防被人盯上，你就不用去了。」羅妮道，她美麗的眸子充滿著不悅，「我會替你參加考驗，到時候你只要……」

「羅妮姊姊！」哈尼鼓足勇氣道，「我要參加！考驗，我會通過的。」

羅妮一愣，隨即反應過來，第一次用如此認真的目光注視著自己這個同父異母的弟弟。

「你確定？」

她的聲音變得冰冷，在看見哈尼害怕但又堅定地點頭後，少女轉身就走。

「隨你吧，好自為之。」

羅妮．利西貝坦幾步轉過牆角，在身後人再也看不見自己的一瞬間，惱怒地用力捶打了一下牆面。

「喔，我親愛的小蜜蜂，何必為那個不自量力的懦夫生氣呢？」

她的母親——羅莉娜夫人從另一個轉角走出來，捧著自己女兒的手小心呵護。

「只要妳想，我有的是辦法讓那個軟弱的小子參加不了幾天後的考驗。」

「不用麻煩您了，母親大人。」羅妮甩開她的手，「哈尼是家族嫡子，他有資格參加傳承考驗。我想要的東西，我會透過自己的方法去爭取的。而您，最好不要額外做些什麼。」

羅妮娜微微笑道：「我什麼都不會做，親愛的。」

「希望如此。」

與羅妮不歡而散之後，哈尼受到的打擊更重了。當天晚上他連晚飯都沒吃，就躺倒在床上。

「為什麼我這麼沒用呢？」

出生以來，哈尼第無數次地這麼問自己。

自從母親，即原利西貝坦伯爵夫人去世以後，哈尼就一次次面對著父親失望的目光、周遭譏誚的眼神。尤其在羅妮的襯托下，他的無能更是清晰地顯現出來。

而如此無能的他，卻霸占了本該屬於別人的東西，這是多麼無恥啊。

第一次意識到這一點，是在最後一次去薔薇騎士團訓練的時候。那時他能明顯感覺到從小疼愛自己的薔薇騎士們的目光轉變了，就連維多利安老師也不再願意與他多談一句話。

羅妮告訴他：「父親已經向國王提出申請，要在你成年後舉行傳承考驗。你以為作為騎士團的現任代團長，維多利安還會用以往的目光看待你嗎？你以為那些自由慣了的薔薇騎士，真的希望有人成為他們的主人，受人束縛嗎？」

原來讓曾經親密的人討厭你，只要如此簡單。

從那以後，哈尼就畏懼去薔薇騎士團，並害怕再見到維多利安。

在他的想像中，薔薇騎士們應該是恨他的，以至於遭到暗殺後他也如此以為。

「如果我不曾出生在世上，是不是會好一些？」哈尼如此喃喃地，疲憊地陷入了昏睡。

他房間的窗戶洞開著，在哈尼睡著後，時不時有晚風輕撫著落葉飄進來。須臾，在又一片樹葉被席捲著即將落到哈尼房間的窗臺上時，有人冷笑著開口：

「夜襲一個還未成年的孩子可不是德魯伊該有的行為。」

隱藏在黑夜中的德魯伊身形一頓，厲聲喝問：「誰！」

星月下，一點銀色如流水般傾瀉而出。

†††

艾迪已經整整一個星期沒有見到薩蘭迪爾大人了。

當他對阿奇說了此事後，法師學徒表示很疑惑。

「是嗎？可是昨天他才來旅館找伯西恩老師。」

「去找伯西恩？那為什麼不來找我？」艾迪感到很委屈。

「或許他知道了是你把雷德被關禁閉的消息，透露給哈尼・利西貝坦的吧。」阿奇望著他，若有所思。

「我不是，我只是……」

年輕的聖騎士感到委屈，在與紅龍少年的友誼和對薩蘭迪爾的忠誠之中，他很難做出一個合適的選擇，艾迪白金色的短髮都好似黯淡了一些，「所以，大人討厭我了？」

「那我不知道，我知道的是他來找伯西恩老師肯定有事。」法師學徒聳了聳肩，「不告訴你，可能是不希望你參與這些事吧。對了，你就算了，伊馮也不知道他在做什麼嗎？」

「伊馮隊長也好幾天沒見到薩蘭迪爾大人了。」

艾迪感覺自己被阿奇的那一句「你就算了」傷到了，明明同為聖騎士，他就這麼不可靠嗎？

和陷入自怨自艾中的艾迪一樣，沒有人知道薩蘭迪爾究竟在做什麼，都伊的聖騎士們不知道，薔薇騎士們不知道，王國裡那些等著見精靈一面的大小貴族們也不知道。

他就像憑空消失了一般。

「不管怎麼樣，」關注到此事的羅莉娜夫人說，「這不會影響到我們的計畫，不是嗎？」

她看向自己美麗的女兒。

「明天就是傳承考驗了，精靈總歸要出現的。到時候，在妳與哈尼之間，他會明白誰更適合成為薔薇騎士團的主人。」

羅妮並沒有立即回答母親，她專注地擦著自己的長劍。

她現在還不是一名騎士，只是一名劍客，雖然國王早就想敕封這個榮譽的稱號給她，但是羅妮拒絕了。比起由王權賜予的「騎士」稱號，她更想透過自己的實力來獲得這個名譽。

而明天，就是最適合她的舞臺。

她會向所有人展現自己的實力，向他們證明自己有著足以背負起榮耀的力量，然後光明正大地，獲得她想要的東西——無論是利西貝坦家族，還是薔薇騎士團。

羅莉娜的眸光輕輕掃過女兒手上無數道因為練習劍法磨煉出來的傷痕，她的眉毛如柳葉一般哀愁地彎折起來。

「妳為這個家族付出了太多，羅妮。」羅莉娜忿忿不平道，「比起那個只知道逃避的小鬼，妳才應該是這個家族名正言順的繼承人。」

匡啷！

門外傳來東西被打破的聲音，羅妮立刻警惕地拔出長劍，踢開門扉。

「誰……你在這裡做什麼？」

少女在門後看到自己那不成器的同父異母的弟弟。她秀氣的長眉微微側挑，看著哈尼那一副慣如往常的瑟縮表情。

「你都聽見了？」

哈尼弱弱道：「羅、羅妮姊姊也要參加明天的試煉嗎？」

「怎麼？」少女望向他，語氣不耐，「你不允許？」

「不、不是的，我只是以為……」

沒等他說完，羅妮就不耐煩地打斷：「只要是利西貝坦家族年滿十五歲的後裔，都可以申請參加傳承考驗，這不是獨屬於你的權利，繼承人。」

「可是，父親當時說是為我申請的傳承考驗，維多利安老師他們也都以為是我，這些年才……」

哈尼忽然想通了什麼，不敢置信地望向羅妮，「所以，我只是妳們推出來當擋箭牌的嗎？包括這次考驗，還有我遭受的那些暗殺，都是為了掩護羅妮姊姊，妳才是真正被父親看中的人！」

他看向羅妮和羅莉娜，還有屋內屋外的所有僕人。僕人們都躲開了他的視線，羅莉娜夫人滿目嘲諷。

少年的眼中漸漸盈滿了淚水。這些年以來，他一直都以為他所遭受的一切，是因為他占據了本不該屬於自己的東西，可是到頭來，他才發現自己原來只是一個傀儡，真正掌握這份榮耀、繼承這份光榮的人會是羅妮·利西貝坦，他只是一個替死鬼！

怪不得前來王城的路上遭受了那麼多次暗殺，怪不得父親明知自己根本沒有那個實力，還非要申請進行傳承考驗！

原來他只是一枚棋子，被所有人玩弄在掌心。

「看來你還不算笨。」羅妮冷漠地看著他，「但你以為自己很可憐嗎？你是父親的婚生子，生下來什麼都不用做就是家族名正言順的繼承人。而我，一個男人與女人一時激情下的產物，生下來就背負著非婚生子的罪孽，我只有拚命努力，只有通過傳承考驗才能獲得其他人的認可。」

羅莉娜夫人愧疚地轉過了頭。

「哈尼，你與生俱來就擁有我所羡慕的所有條件，你卻毫不珍惜。既然如此，我就算把你的東西全部搶奪過來又怎麼了！」羅妮道，「你根本不在乎不是嗎？」

哈尼被巨大的悲傷擊中，抽抽噎噎，說不出話來。

看著他這副模樣，羅妮鄙夷之餘也有一絲憐憫，她放輕了聲音。

「只要你明天放棄考驗，老老實實地待在宅邸裡，我保證我會像守護這個家族的其他人一樣守護你，哈尼。」

「我……」哈尼哭泣著，帶著滿臉淚痕從地上站起來。

羅妮等著他說出自己想要的回答，這個愚蠢的弟弟也是時候該做出明智的選擇了。

「我不會放棄的。」雖然因為抽噎而口齒不清，哈尼仍舊在眾人的矚目下說出這句話。

羅妮的眸光徹底變冷。

少女轉過身，再也不看他一眼。

「從明天起，你就是我的敵人。」

所有人都跟著少女離開了，只有哈尼一個人孤零零地站在空闊的走廊內。

他眼眶通紅，望著走廊盡頭的黑暗。

沒有一個人期待他能通過傳承考驗，所有人矚目的都是美麗又強大的羅妮，他註定是一個棄子。哈尼早該放棄，他選擇與羅妮作對實在太不明智了。

可是少年喃喃自語道：「可是雷德……」

他想，如果自己就這樣放棄考驗，那麼誰去求薩蘭迪爾放出雷德呢？他的家人們為了榮譽和野心放棄他，但是他不能因為害怕而放棄自己的朋友。

哈尼擦乾淚水，獨自離開。

沒有任何人再光顧這個偏僻一角後，風中傳來了一聲輕嘆。

「他就是這樣的孩子。現在你還認為，他和那些襲擊你們的人有關聯嗎？」

屋外，某棵綠樹成蔭的大樹上，三個隱藏了身形的人互相對望著。

之前先開口的那個人是瑟爾，他就像躺在自己床上一樣，半倚靠在一根纖細的樹枝上，完美地和周圍的景色融合在一起。

在他身旁不遠處是伯西恩。法師使用某種可以懸空的法術，將自己完美地隱藏在綠葉之間。

而最後一個，是一個身形高大的大塊頭，他的真容如果暴露在街上，一定會引起人類的恐慌。

獸人德魯伊開口道：「即便與他無關，也和利西貝坦家族擺脫不了關係。」

那一夜，他準備夜刺哈尼的時候，被守株待兔的瑟爾抓個正著。雙方沒有立刻打起來是多虧了德魯伊難得的好脾氣，和瑟爾的那一絲好奇心——他是第一次見到獸人德魯伊。

在瑟爾從德魯伊那裡得知了一些情報後，雙方沒有時間做更多的自我介紹，而是很快就忙碌起來。為此，精靈不得不去找法師幫了一些忙。

「襲擊你們村子並抓走所有混血的人是赫菲斯的聖騎士。」瑟爾開口，「如果火神的聖騎士真的和利西貝坦家族勾結，他們襲擊哈尼的原因就很值得深思了。」

「或許是分贓不均，或許是利西貝坦家族內部也有嫌隙。」伯西恩道，「如果包括紅龍和光明大主教等一系列失蹤事件都是他們在搞鬼，那麼，這個樂子可就大了。」

「但我們現在沒有證據，也沒有線索，就連具體是哪些人參與其中都不明白。」獸人德魯伊說。

「這很簡單。」瑟爾望向哈尼背影消失的方向，「只要到了明天，一切都將水落石出……」

伯西恩循著方向望去，見到精靈銀色眸中流露出的傷感，心臟為此一痛。

這不是屬於你自己的感情！

法師再一次告誡自己，並努力無視般地轉過頭。

獸人德魯伊卻貼心地開口：「你不必拿這個孩子做犧牲品，我可以另外想點辦法。」

「他不是犧牲品。」

瑟爾打斷他，輕盈的身姿跳下樹梢遠去，逐漸消失在另外兩人視野中，「這是他註定的道路。」

你看見了什麼？

法師望著精靈的背影。

是在這個被命運玩弄的孩子身上看到了自己的身影嗎？可笑的是，為什麼我又會答應幫這個忙？是因為我也在哈尼・利西貝坦身上，看到了過去自己的影子嗎？

法師瞬移離開。

他們身後，德魯伊摸了摸腦袋：「好吧，你們兩個都走了，至少該留個人告訴我明天的集合時間吧。」

——翌日。

白薔薇城萬人空巷，利西貝坦家族與薔薇騎士團的傳承考驗即將在皇家角鬥場舉行。

晨風，已嗅到命運在喧囂。

光與暗之詩

DEAR MY THRANDUIL

CHAPTER TWENTY

一步

「緊握你手中的劍！那不僅是你的武器，還是你的性命，你的靈魂！」

「不要劈砍，要刺！用劍尖破開對手的防禦！你拿的不是斧頭，明白嗎？」

「下盤紮實一點！不要露出破綻，像你這樣鬆散的步伐……」正在訓斥的騎士走上前去，一腳將少年撂倒，「敵人都不用拔劍，你就把自己弄死了。」

「是、是！」

「不要老說『是』，要掌握這些！」

「是……不，我明白了！」

阿奇啃著嘴裡的蘋果，看著遠處一大一小的兩個人影訓練，法師學徒不由得感慨：「訓練中的艾迪和平時簡直就像兩個人。」

伊馮站在他身側，沒有說話，他的眼睛平靜地注視著訓練場上的兩人。過了好一會兒，伊馮走上前去阻止他們。

「時間到了。」

他先對艾迪說，然後轉身看向哈尼，「你該換衣服準備出發了。」

哈尼滿臉的汗，一身泥濘，聽到這句話，他掙扎著從地上爬起來，走出訓練場。

阿奇看著他的背影：「不到半日的訓練，能改變什麼？」

「能改變他的心。」伊馮說，「淬煉他的意志。他會失敗，但不會被打倒。」

艾迪贊同地點了點頭。

阿奇不由得想向天空翻一個白眼，真不明白這些聖騎士們在想些什麼。世人總說法師們是妄想家，其實這些聖職者們才是最大的妄想症患者吧，他們那一套精神征服世界的理論簡直就是洗腦神器。

「其實哈尼還算有些功底，我聽說他小時候也參加過薔薇騎士團的訓練？」艾迪收起長劍，「既然這樣，他為什麼沒有堅持下去？不然他現在至少也會是一名出色的劍士。」

「比他的姊姊還要優秀嗎？」阿奇問。

艾迪想了一下，誠實地說：「那是比不上。羅妮・利西貝坦的劍術，即便是我也嘆為觀止。」

「那不就得了。你身邊有一個優秀的近親時時刻刻提醒著你，你是多麼無能，努力也趕不上對方半分的話，任誰都會鬥志全無的。」阿奇作為貝利大法師的孫子，深有同感。

伊馮開口打斷他們的討論：「收拾一下東西，我們也該準備出發了。」

這一天，都伊的聖騎士們出門時見識到了什麼叫王城。外城的街道空無一人，內城的街道卻是人山人海，各個貴族家的馬車堵在不寬闊的石子街道上，馬匹和擁擠的人群發出的氣味簡直令人聞而生畏。

「如果這個時候伯西恩老師在就好了。」騎著馬跟在聖騎士們的身後，阿奇捂著鼻子，「他只要布下一個傳送法陣，我們就不用這麼麻煩了。」

「法師們的神奇之處就在於此。說實話，我們到現在也沒有弄清楚，一個傳送法陣就可以讓人跨越千里的原理是什麼？」艾迪好奇地道，「聽說這是法師協會的機密？」

「你問我，我也不知道啊。」阿奇說，「我一個小小的法師學徒，連最基礎的魔網原理都沒有弄清楚。」

「到了。」

就在兩人閒聊的時候，聖騎士的隊伍已經隨著人群，緩緩移動到了角鬥場之外。因為他們的特殊身分，角鬥場的管理人員為他們安排了專屬的「停馬場」。而在這個「停馬場」的另一邊，是貴族馬車的停車地。一個個打扮得花枝招展，戴著色彩斑斕的鳥羽帽子的貴婦人，由衣裝筆挺的紳士們牽著手，矜持地走出馬車。

貴婦人們搧動著纖長的睫毛，美麗的眼睛裡全是好奇與驚喜，紳士們則帶著有禮而疏離的笑容，互相嚴謹地討論著政治話題。他們宛如在參加一場盛大的舞會，而不是一場將決定一個少年一生命運的考驗。

或者，這場考驗在他們看來，本身就和遊戲沒有什麼區別。

艾迪忍不住轉身去看哈尼。

少年的臉上沒有太多的表情，似乎怔怔出神，注意到聖騎士的視線後他抬頭露出一個笑容。

「我沒事。」哈尼說，像在安撫自己，「我會通過的。」

「哈尼．利西貝坦先生！」角鬥場的一位管理人員走過來，「您的位置不在這裡，請跟我來。」

哈尼跟著對方離開。

「他的腿在顫抖。」阿奇突然開口。

「是的。」艾迪回，「但他還在往前走。」

皇家角鬥場從來沒有這麼爆滿過。在這特殊的時期，因為王權更迭而被迫蟄伏不出的貴族們好似終於聞到了一點自由的空氣，一湧而來，將角鬥場擠得像個菜市場。

每一個席位上都坐滿了人，艾迪他們被安排在東邊的看臺上，離主席臺很近的位置。艾迪試著抬頭向主席臺看去，還是沒能看到精靈的身影。

「那裡應該施展了某種隔離法術。」法師學徒說道，「從外面是看不見裡面的情景的。」

他們的耳邊一片喧嘩，所有人都在興奮地交流著，他們目光不時轉向場下角鬥場的入口，猜測等等的考驗將以什麼樣的形式進行。

薔薇騎士團入場的時候，這一份喧囂達到了一個小高峰。

人群的歡呼和喝彩，將馬匹的蹄聲完全淹沒。薔薇騎士們穿著正裝，在眾人好奇又期待的目光中，行進到場地的最中央，維多利安踏前一步。

阿奇發誓在那一刻，他聽見了比之前的喝彩還要高出許多分貝的女性尖叫聲。看來這位騎士團的代團長，在貴族女性們心目中的分量不輕。

「如果伯西恩老師在這裡，」阿奇有些不甘心，「就不是這個小白臉得意了。」

艾迪說：「伯西恩可比維多利安白多了。」

阿奇瞪他：「那種連腦子裡都是肌肉的壯男究竟有什麼好的？女士們都不懂得欣賞什麼叫男人的優雅風度嗎？騎士們……哼。」

在貴婦人們因為過高的嗓音而弄暈自己前，維多利安適時地開口了。

他先向主席臺行了一禮——那裡可能坐著王室以及其他重要人物，接著他看向看臺的正東方。

「感謝在場諸位的見證，薔薇騎士團將兌現一百年前與利西貝坦家族神聖的諾言。今日，來自利西貝坦家族的羅妮——」

代團長舉起右手，場地內右邊的閘門被拉起，披著盔甲、握著長劍的羅妮英姿勃發地走了出來。

劍與美人的組合，令場內的歡呼又是一陣迭起。

「——以及哈尼。」維多利安向左手邊看去。

左邊的閘門升起，哈尼握著劍緩步走上角鬥場。少年孱弱的身軀幾乎撐不起他身上的那一副盔甲。

這一次，送給他的歡呼聲則小了許多。

「兩位南妮騎士的優秀後裔，將以他們的尊嚴、驕傲為賭注，接受這一次傳承考驗！而通過考驗的那一人，將成為我們薔薇騎士團真正的所有者。」維多利安在馬上行了一個鞠躬禮。

「快開始吧！」看臺上有人發出呼喝，「看看誰才是真正的繼承人，才能將薔薇騎士收歸麾下！」

維多利安的眸中飛快地掃過一絲陰影。

兩位候選人在此時走到了他的面前。

「正如他們所說，」羅妮率先開口了，「如果要進行考驗的話請儘快開始吧。無論是什麼，我都能接受。」

她看了哈尼一眼，目光中有挑釁也有鄙夷。

維多利安看向哈尼。

「如、如果可以，我希望考驗的方式不是讓我和羅妮姊姊戰鬥。」哈尼小聲說，旁邊羅妮嗤笑的聲音讓他肩膀抖了一下，「……我不想讓任何人受傷。」

「懦夫。」羅妮目光銳利地看向他，「戰鬥就是戰鬥，保護好你自己吧，你以為你能讓我受傷？」

哈尼避開她的眼神。

「我希望這會是一場公平的考驗，維多利安騎士。」少女又看向代團長。

維多利安開口：「放心吧。」

他的眼神中帶著深意。

「這會是一場最公平的考驗。」

薔薇騎士們騎馬魚貫而出，只剩下維多利安站在兩名候選人之間。

代團長長劍杵地，開口：「我宣布，考驗開始！」

人群沸騰炸開，他們無比期待能看到一場精彩無比，又扣人心弦的角鬥，沒有什麼比親眼目睹一個家族的兩位候選人互相爭奪得鮮血淋漓，更能夠刺激這些貴族的神經！

他們的呼喊剛要脫口而出，一片意想不到的黑暗突然從四面八方襲擊整個角鬥場，像是黑夜降臨，光明墮落。

人群驚呼起來，都伊聖騎士們反應最快。即便如此，在他們的手剛觸及佩劍的時候，黑暗就像它出現時一樣匆匆褪去。

人們從黑暗中重獲視野，心有餘悸，卻發現有什麼發生了變化。

只見角鬥場內，維多利安還是之前的那個姿勢，而他身邊的哈尼與羅妮，境況卻已經大不相同。

羅妮的胸口被刺了一劍，血水正從傷口中汩汩而出。哈尼則毫髮無傷，他的眼神中甚至帶著迷茫。

「發生了什麼？」

人們互相追問。

「誰看清楚了！」

「膽小鬼！」捂著傷口，羅妮開口，「你以為這樣我就會感激你嗎？」

哈尼茫然地低頭看著自己的胸口，又看向自己握著的長劍，劍上還沾著鮮血。

「不……不，這怎麼可能？」

在所有觀眾和兩位候選人都摸不著頭腦時，維多利安冷靜地開口：

「考驗結束。我宣布，通過考驗的人是——」

CHAPTER TWENTY ONE

兩步

「羅妮。」

「羅妮！」

女人的呼喚從花園外傳來，在路過草坪時輕輕停下。

「喔，我親愛的小蜜蜂。」美豔的婦人從地上抱起小女孩，「妳為什麼要躺在這裡？伯爵閣下在四處找妳呢。」

四處找我？小女孩渾渾噩噩，有些搞不清楚現在的情況。她不是應該在角鬥場接受試煉嗎？這是在哪裡？

「羅妮……妳怎麼了？」貴婦人擔憂地捧起女孩的臉龐。

女孩看清她的臉，眼瞳劇烈收縮了一下：「羅、羅莉娜夫人！」

「我的小寶貝，為什麼要這麼疏遠地喊我？」貴婦人將她一把抱在懷裡，「就算妳不被允許稱呼利西貝坦伯爵為父親，但是妳依舊可以叫我母親啊。」

小女孩——不，哈尼感覺自己的大腦不夠用了，這是什麼狀況！就在這時，另一個聲音從他們身後傳來。

「羅妮姊姊。」一個男孩出現在他們眼前，個子小小，眼神卻很是倨傲，「父親在叫妳呢。」

「啊，是哈尼少爺。」

哈尼感覺到抱著自己的羅莉娜身體微微一顫，有些不明白女人為什麼有些畏懼地看著那個男孩。與此同時，哈尼更加不明白的是，那個男孩為什麼會有著和自己一模一樣的面容和名字！

那個被叫做「哈尼」的男孩冷冷地看了哈尼一眼，眼神熟悉到令人驚訝。

「你是——！」

不可能吧！怎麼會這樣呢！哈尼不敢置信。

而被他驚訝地望著的男孩，露出一個笑容。

「是我。」占據著哈尼身體的羅妮笑道，「也是你。」

哈尼低頭看了看自己小小的手和身上的裙襬，終於後知後覺地明白了現狀。

他和羅妮竟然互換身體，並且回到了他們年幼的時候？而且不知道為什麼，兩人的境遇竟然和現實中截然不同！

在現實裡，羅莉娜夫人絕對不會畏懼幼年版的哈尼，可是她現在對這個有著羅妮魂魄的「哈尼」明顯表現出了敬畏。

「走吧，『羅妮』。」那個「哈尼」看了過來，「父親還在書房等妳呢。羅莉娜夫人，父親並不想見妳。」

剛想跟上來的羅莉娜夫人不由得停下腳步，只能擔憂地看著女兒跟隨著哈尼少爺離開。

「這是怎麼回事？」等到終於只有兩個人的時候，哈尼忍不住開口問，「我們不是在考驗中嗎？」

「這的確是一場考驗，只不過形式很不同。」羅妮回答他，「你可以把這個考驗看作另一個完全嶄新的人生。」

「可是！怎麼可能呢？發生了這種奇怪的事，我們還能回到現實嗎？」

「現實？什麼又是現實？」羅妮停下腳步，用那雙屬於男孩的臉龐冷望向哈尼，「我倒是覺得，這個『現實』也不錯呢。」

「哈尼少爺！」

「少爺！」

一旁路過的親兵和僕從們看到兩人，紛紛向「哈尼」行禮。「哈尼」表現得自然得體地應對。

「妳……」哈尼終於察覺到了哪裡不對勁，「妳現在——」

「我現在擁有了你的身分和地位，親愛的弟弟，」羅妮壓低聲音湊到他耳邊，「就讓我給你看看，什麼才叫作合格的繼承人。」

一個身體，換了一個靈魂，真的會有截然不同的發展嗎？

事實證明，至少由羅妮扮演的「哈尼」和哈尼自己是迥然不同的。

這個「哈尼」，是一位受家族所有人尊敬的繼承人，他年紀輕輕卻已經表現出了足夠的智慧和胸襟。包括伯爵在內，所有人都相信利西貝坦家族在「哈尼」的手裡會有更好的發展。

他們就像真的在這個世界生活一樣，每一日、每一月、每一年，都無比真實地感覺到時間的流逝，他們在這裡的身軀也在逐漸長大。

哈尼開始懷疑他們無法再回到過去。

這真的是一場考驗嗎？還是說，這才是原本的現實？

讓羅妮姊姊成為家族的繼承人，而自己作為一個不能見光的私生子度過一生，這才是最適合他們的命運嗎？

就在哈尼開始這樣懷疑的時候，變故出現了。

「不可能！」伯爵大人摔破了盤子，「我兒子如此優秀，你竟然說他沒有天賦？」

在他對面，年輕的劍術課教育者不卑不亢地道：「不是沒有天賦，伯爵大人。事實上，哈尼少爺對劍法有著出色的理解和學習能力，但是他的身體不合適。」

「身體……」伯爵怔愣了一下，「他的身體怎麼了？」

「是先天性的疾病。」教育者道，「恕我冒昧，伯爵夫人生下哈尼少爺的時候是否身體有恙，所以導致少爺出生就有天疾？他可以進行短暫的訓練，但是無法承受成為一個騎士那種強度的訓練。很遺憾，哈尼少爺註定無法成為一名騎士。」

「羅莉娜！」伯爵突然想通了什麼，狠狠喊著一個名字，「去給我把羅莉娜叫過來！」

哈尼和羅莉娜夫人被喊到書房的時候，完全不明白是因為什麼原由。伯爵臉色漆黑，「哈尼」站在一旁，神色也不好看。

「羅莉娜，妳可知道妳犯了多大的罪孽。」伯爵沉聲道。

「我……伯爵大人。」羅莉娜楚楚可憐地道，「我不明白您說的是什麼？」

伯爵狠狠將一個杯盞扔到她腳邊。

「妳這個毒婦！」他吼道，「哈尼出生的時候，妳是否對他的母親下了藥！妳是不是讓哈尼生下來就先天不足！妳這個心思歹毒的女人，早知道這樣，我就不該一時可憐妳……」

哈尼完全嚇到了，他聽不懂身邊的父親在謾罵些什麼，也不懂羅莉娜夫人在苦苦哀求什麼。

他看向羅妮，卻見她神色冰冷，看向羅莉娜的眼神中竟然有著一絲恨意。

可是怎麼會？那是她的母親啊！

「來人！給我把這個女人拖下去！」伯爵發狠地道，「直到她肯承認自己的罪行為止！」

「不，我懇求您不要這樣對我！」羅莉娜夫人哀嚎道，「我什麼都沒有做啊！」

「妳還不承認？」

羅莉娜夫人避開伯爵狠毒的視線。她當然不會承認，承認的後果不僅是讓自己身敗名裂，更會讓她的女兒，她的羅妮在這個家再無立足之地。

「不。」美豔的女人低下頭，「我什麼都沒有做。」

伯爵已經憤怒到了極致。

「給我把這個毒婦——」

「等一等，父親。」

卻在此時，「哈尼」開口說話了，然而他說出口的話卻叫哈尼和羅莉娜夫人心中一寒。

「既然維多利安騎士說，我是因為心臟的先天疾病無法接受騎士訓練。那麼，為什麼不給我換一顆心臟呢？至少，羅妮姊姊有一顆完好無損的心臟，不是嗎？」

她在說什麼？

哈尼覺得耳邊一陣嗡鳴。

她在說什麼？她是要殺了我嗎？不，是殺了這具身體，殺了她自己嗎！

羅莉娜夫人尖叫起來，用力抱住哈尼。她抱住自己的女兒，就像是抱住唯一一塊浮木。

「誰、都、不、可、以，碰我的女兒！」

伯爵大人被她吵得不耐煩，喚來親兵。

屋內一片混亂。

哈尼的目光卻穿透他們，看向站在人群之外的羅妮。

這是她自己的身體，這是她的親生母親，她為何能這麼冷酷？

羅妮也正望著他。

周圍的一切彷彿都從他們身邊消失了。

「你知道，我從小有多渴望名正言順地擁有這一切嗎？」羅妮看著他說，「在『外面』，我受束縛於『私生女』的身分，生下來就不如你；而在這裡，我好不容易擁有了本該屬於我的東西，卻又被你和你的母親毀了。」

「那是妳的母親！」哈尼道。

「不，她只是個自私的女人，一個無恥地與男人苟合的女人！」羅妮突然瘋狂道，「她帶給我的屈辱還不夠多嗎？現在，在我即將成功的時候，她又一次阻止了我！她不是我的母親，我巴不得自己根本不是這個女人生下來的！」

「可是、可是這只是考驗啊。」哈尼不敢置信地道，「這不是真實的世界，為了一個考驗，妳就要讓妳的母親和我……和妳的身體去死嗎？」

「如果這只是考驗，那麼死去的並不是真實的你們。」羅妮看著他。

「如果這是現實呢？」哈尼問。

羅妮沒有說話。

哈尼卻已經渾身寒涼。

「羅妮姊姊。」

「夠了！不要再喊我那個名字。就是因為她，我生下來就比你劣等！因為她，我再努力也都要背負著屈辱！還有你——」羅妮突然抽出劍，指著他，「無論在哪個世界，你都是妨礙我的存在。如果沒有你就好了。」

「沒有我之後呢？」哈尼大喊道，「妳說過要保護我們的家族，就是透過這種方式嗎？如果有其他人妨礙了妳，無論是父親還是別人，妳都要殺了他們嗎？」

「成功必須要有犧牲。」羅妮冷靜道。

「即使不用殺了我們，妳還是可以獲得妳該得到的啊！當年的南妮騎士不是比妳的處境更糟糕嗎？可她一樣成功了！為什麼一定要殺人呢？」

「那不一樣。」

羅妮安靜了一會兒，又開口：

「那不一樣。對不起，哈尼，我發現我過不去。對於母親從小留給我的恥辱，我忘不掉；對於你帶給我的不甘，我抹不去。我的確以為只要憑藉自己，終有一日可以獲得所有榮耀，可以為家族帶來光榮。可是哈尼，在這個考驗裡我明白了。」

羅妮看向他，「你們是我的心魔。如果無法跨越你們，我始終會困於這陰影中，無法前進。對不起，哈尼，我會記得你的犧牲。我會代替你，永遠守護利西貝坦家族。」

「這是不對的！為什麼守護一個家族就一定要有人犧牲！」哈尼試圖喚醒她，「用人命換來的叫什麼守護！」

「我天真的弟弟，哪個家族不是建立在白骨與鮮血之上的呢？只有去除無用的枝葉，薔薇才能綻放得更加美麗。如果換做你是我，你也會這麼做的！」

羅妮不為所動，她手中的劍已經刺了過來。

「我不會！」哈尼憤怒道，「踐踏在親人屍骨上的榮耀，我不要！」

「這是為了利西貝坦家族。」

「這只是為了妳自己！」哈尼最後喊道。

羅妮眼神一凜，毫不猶豫地將長劍抵進哈尼的身軀之中。長劍刺入身體的那一刻，哈尼感覺到了鑽心的疼痛。就在劍尖即將穿透心臟的那一秒，哈尼拚命地往後退。

不能就這樣結束！如果羅妮姊姊要以這種方式守護利西貝坦家族，我絕對不該讓她成功！

「你該放棄了。」羅妮見他還要掙扎，「把一切讓給我，我會做得比你更好。沒有任何人期待你，你有什麼值得留戀的呢？」

「我不……」哈尼倔強道，「我不會讓給妳的！」

姊弟倆對視著，第一次各自都無比清楚地想貫徹自己的意志。

就在這時，兩人聽到了一個聲音。

『考驗結束。』

一切戛然而止。哈尼掙扎著，好似從一場噩夢中醒來。

他發現自己又回到了現實之中，而他手中真的握著一把劍，差一點洞穿了羅妮的心臟。

在他對面，回到自己身軀中的羅妮則表情木然。

羅妮差一點死了，差點死在她自己手中。哈尼鬆了一口氣，自己也算陰差陽錯救了羅妮一命。

羅妮卻抬頭看向自己的弟弟。

她說：「你以為這樣我就會感謝你嗎？」

光與暗之詩

DEAR MY THRANDUIL

CHAPTER
TWENTY TWO

三
步

「考驗結束，通過考驗的人是哈尼．利西貝坦。」

全場譁然。

有人尖叫著從東看臺站起身。

「不，這不公平！」羅莉娜夫人歇斯底里，「這一定是一場陰謀！否則為什麼羅妮會受傷，那個小鬼卻毫髮無損！」

「稍安勿躁，女士。」維多利安看向看臺上議論紛紛的人群，「我想，所有人都需要一個解釋。」

他轉身讓出位置，在他身後，一黑一白兩個人影進入眾人視界。

穿著黑色法師袍的伯西恩還是第一次出現在紅薔薇騎士王國的正式場合，他的法袍比旅行時的正式很多，手中也握著一根華美的法杖。

「考驗結束得比我預想得快。」法師說。

在他身側，瑟爾則穿著一貫的簡潔裝束，只是長髮再次編成了聖騎士的髮式。

他一出場，喧鬧的氛圍就被另一股氣氛替代。

「薩蘭迪爾……」

「是薩蘭迪爾。」

「真的是他。」

人們議論紛紛，看著精靈那近乎令人炫目的容貌，漸漸安靜下來。

薩蘭迪爾在此時開口：「他們貫徹了自己的選擇。而現在的結果，就是他們選擇的代價。」

他銀色的雙眸注視著兩位候選人，在羅妮與故友相似的臉龐上一閃而過。

羅妮想要質問精靈，卻悶哼一聲，捂著傷口跪倒在地。哈尼急匆匆地想要去攙扶她，卻被少女揮開了手。

「想要殺人的自己受了傷，不被看好的卻成了贏家。」看見這一幕，伯西恩輕笑道，「命運真是惡趣味啊。」

「那是幻覺，還是夢境？」揮開哈尼想要攙扶的手，羅妮看向他們。

「是幻術，竭盡我全力，才能讓它如此栩栩如生。」伯西恩代替瑟爾回答，「妳對這一場經歷可還滿意？羅妮小姐。」

「是你，來歷不明的法師！」羅妮認出了他，「這就是所謂的考驗？讓我們經歷一場滑稽的測試，然後宣布所謂的結果？那場測試能證明什麼！」

「能證明，妳並不適合成為薔薇騎士團的首領。」瑟爾靜靜地望向她。

「為什麼？」羅妮用手指著哈尼激動道，「就因為我想要殺了他？你們也認為我是為了自己才無所不用其極？可堅持自己的道路有什麼錯？用自己的方式守護家族有什麼錯？」

「我並沒有說妳是錯誤的，羅妮．利西貝坦。」瑟爾道，「用何種方式守護妳的家族，是妳自己的選擇。除了被妳犧牲的那些人，沒有任何人能對妳提出質疑。」

「那麼……」

瑟爾打斷她：「但是這個傳承考驗是為了薔薇騎士團所立。騎士團不需要一個拋棄親人、實現所謂榮譽的領袖。如果貫徹妳所謂『必要的犧牲』的法則，那麼從薔薇騎士團獨立的那一天起，你們利西貝坦家族就沒有存在的必要了。」

薔薇騎士團是南妮個人所建立，並不屬於利西貝坦家族。然而這個家族的繼承人，卻世世代代將騎士團視為己有，野心勃勃地想要將騎士團收歸掌中。那麼，對於薔薇騎士團的內部人員而言，利西貝坦家族作為一個潛在的威脅，早就應該被「犧牲」了。

可是直到今天，他們還在兌現自己的諾言，明知道結果可能會對騎士團不利，依舊信守承諾舉行傳承儀式，親手為自己戴上鐐銬。

瑟爾指著維多利安，對羅妮道：

「如果他想，他可以悄無聲息地暗殺妳一百回。如果薔薇騎士團不願意，即使國王下令，他們也可以負隅頑抗，不舉辦這次的傳承考驗。但妳認為，他們為什麼沒有那麼做？」

羅妮眼中流露出茫然。

「因為對於薔薇騎士團和騎士團內的所有人而言，信義與守護遠比榮耀重要。」瑟爾說，「而妳，卻把榮耀看得比信義更高貴。」

「……那為什麼是他？」羅妮黯然道，「難道他身上……就有什麼遠比我優秀的特質嗎？」

「哈尼，他的確有很多缺點。」

精靈這麼說的時候，哈尼沮喪地看了他一眼。

「他一味善良，卻沒有一顆想要與人爭奪的心，顯得懦弱。沒有野心的人，是無法守護任何事物的。」瑟爾轉口道，「直到剛才在妳的逼迫下，他才醒悟了一點。」

第一次，哈尼意志明確地對羅妮說——我不會讓給妳！

對於這個他從小畏懼的姊姊，他也有了誓死不願相讓，誓死也要守護的東西。

精靈說：「這才是騎士團所希冀的繼承人。」

維多利安看向哈尼，目光中略帶欣慰。

「就因為這個？」羅妮不甘道，「你們就認可了他？但是，你們知道我經歷了什麼嗎？我這麼多年的付出，卻抵不過他的一句話？」

「那妳又知道什麼?」一直旁觀的伯西恩終於忍不住開口，「妳以為幻術中經歷的一切都是我編造的?恰恰相反，那些都是現實。羅莉娜夫人為你們做了相同的事，哈尼選擇接受妳這個姊姊，而妳卻選擇殺死他。」

黑袍法師看向少女，滿懷惡意道：「看來在品質這一點，你們真是天差地別。」

「你——!」羅妮憤怒地看向法師。

「別急著辯駁。」法師淡淡道，「妳那看似不可忍受的私生子身分，帶給妳的可不僅僅是屈辱，還有伯爵的寵愛和羅莉娜夫人的袒護，不是嗎?妳能有今天，有多少是依賴著這個不用承擔責任，卻又享盡眾人寵愛的身分?只接受這個身分帶給妳的好處，卻不願承擔屈辱。」伯西恩冷笑道，「哪有這麼划算的買賣，私生子就只該是私生子。」

羅妮看樣子都氣得要一劍捅死法師了——如果不是她還受著傷的話。

瑟爾卻不願意再繼續進行對話。

「維多利安騎士，你是否接受考驗的結果?」

「我接受。」維多利安頷首。

「那麼我在此宣布，哈尼·利西貝坦將會成為薔薇騎士團真正的所有人。在他擁有足夠令人信服的實力後，騎士團將聽命於他，而不是他的家族。」

「這不公平！」

還有人不甘地叫囂。

「為什麼是由你來宣布這個結果！」

「騎士團的現任代團長都接受的結果，沒有任何人有資格叫囂不公。」

薩蘭迪爾銀色的眼睛帶著銳氣，看向觀眾席上所有反對的人，「如果有人不滿這個主意，請過來找我。只要你們有打贏我的實力，說不定我還可以考慮一下改變決定。」

哈尼莫名覺得精靈說話的語氣好像有點耳熟。

伯西恩則微微一笑，似乎很欣賞精靈這種鎮壓的手段。

沒有人敢在薩蘭迪爾面前挑釁，現場再一次安靜下來。最後，薩蘭迪爾幾乎強權地宣布了另一個決定。

「那麼，繼承儀式將在明日舉行。」

他丟下這麼一個令人猝不及防的消息，就和法師再次消失在眾人眼前。

一片譁然。

「聽啊，我感覺角鬥場的柱子都快被聲浪震翻了。」阿奇捂著自己的耳朵，「這群人就對結果這麼不滿嗎？」

「有些人不滿意結果，有些人不滿意過程。」伊馮說，「我們該走了。艾迪。」

「是！」

不等隊長具體吩咐，艾迪已經越過圍牆，跳下場將發呆中的哈尼夾在腋下。

「快走吧！我怕等等有人就會追過來！」阿奇催促聖騎士們，「畢竟我們手上可帶著最新出爐的薔薇騎士團未來團長！」

聖騎士們一路披荊斬棘，靠著過硬的團體實力總算擠出了人群。然而，躁動卻不會因此平靜。

「原來薩蘭迪爾和伯西恩老師這幾天就是在忙這件事。」跑出角鬥場後，阿奇帶著滿頭大汗，「雖然我有很多搞不清楚的事，但事情顯然不會就這樣結束吧。」

「王室和貴族，甚至利西貝坦家，都不會認同這個結果。」伊馮道。

「那他們弄這一齣有什麼意思?今天這一場考驗，除了掀起大多數人的不滿，還有別的作用嗎?」阿奇不解道。

伊馮沒有再說話，心裡卻想，或許挑起心懷不滿之人的怒火，正是薩蘭迪爾等人的目的也不一定。

可這個目的之後，又有什麼目的呢?

「那個……謝謝你們把我帶出來，我想我還是自己回家吧。」不知不覺中被眾人忽略了的哈尼，終於開口打斷了他們的討論。

「你要回家？你想現在回去面對你那個姊姊？」阿奇驚訝道。

哈尼卻說：「遲早要面對的事情，逃避有什麼用呢？」

「以前的你絕對不會這麼說。」阿奇新奇地看著他。

哈尼對著他一笑，「謝謝你們把我帶出來，不然我一個人恐怕無法離開角鬥場。對了，我已經完成了與薩蘭迪爾閣下的許諾，你們可以轉告閣下一聲，讓他將雷德放出來嗎？」

「我都忘了還有這一回事。」阿奇撓了撓腦袋，「要是告訴別人你參加考驗，只是為了讓一個有一面之緣的朋友不被關禁閉，肯定沒有人會相信這個如此微不足道的理由……」

「並不是微不足道。」哈尼正色說，「正是這個與薩蘭迪爾閣下的約定，讓我明白原來對於別人來說，我也有不可或缺的價值。同樣也是雷德告訴我，屬於自己的東西就不該被別人搶走。雖然我依舊有很多不足，但我感謝他們教會我這些。」

少年揮著手與他們告別，瘦削的背影第一次挺得如此筆直。

阿奇感嘆：「我第一次親眼見到一個人有這麼大的變化，或許今天，我們見證了一個傳奇的開場。」

艾迪騎著馬走過。

「我們不是天天都會見到一個活的傳奇嗎？」

「這倒也是。」阿奇道，「不過那位活傳奇閣下又跑去哪裡了？」

光與暗之詩
DEAR MY THRANDUIL

CHAPTER
TWENTY THREE

圖
窮

被稱為活傳奇的薩蘭迪爾閣下，此時正十分不滿。

「我不同意！」精靈挑高眉毛，表示反對，「明知可能會有刺客，為什麼還不讓我隨身保護他？」

在他旁邊，獸人德魯伊連連點頭：「我也覺得這樣對哈尼不是很好。」

法師冷笑著看著他們倆。

「你那麼明晃晃地站在他身邊，誰還敢去刺殺？那些人不露出馬腳，難道要讓我們布置這麼久的一切都白費？」

「那也不能以他的性命開玩笑！」瑟爾反駁。

「沒有犧牲哪有收穫。」

「你這口氣倒是和羅妮一樣。差點忘了，你也是出生於人類貴族家庭。」瑟爾譏嘲道，「既然這樣，那你白天應該和羅妮統一戰線，何必還要站在我們這一邊？」

這一句話算是觸到了逆鱗，法師黑色的眼睛裡沉著怒火。

「當然。如果讓我選擇合格的家族繼承人，我絕對會選擇羅妮．利西貝坦，而不是那個膽小懦弱的哈尼。但是有什麼辦法？誰讓我們偉大的薩蘭迪爾閣下就是屬意哈尼呢？」

「你……！」瑟爾被氣得也真的動了肝火。

「好了，好了，你們都冷靜一點。」獸人德魯伊連忙化出一根藤蔓，分開這兩個傢伙，「薩蘭迪爾閣下，法師說的有一定的道理。您的實力和威望擺在那裡，只要您守在哈尼身邊，誰都不會當著您的面去刺殺他。」

伯西恩對精靈挑了挑眉。你看，就是這樣。

「但是伯西恩閣下也言之過重了。」獸人勸說道，「明明白天那一番話您也是發自肺腑，為何現在又說這些故意挑釁薩蘭迪爾閣下呢？」

一人一精靈都安靜了一會兒，須臾齊齊看向德魯伊。

「那你有什麼意見？」

「你支持誰？」

面對法師和精靈灼熱的視線，獸人德魯伊不慌不忙地道：「首先，我得承認兩位說的都有道理。我們既不能不顧哈尼的安危，也不能放棄計畫。」

德魯伊都是和事佬嗎？伯西恩忍不住腹誹，即便是獸人，一旦成了德魯伊也會變成這樣中庸的性格？簡直就是魔咒。

瑟爾卻冷靜問道：「那麼，你有第三種選擇嗎？」

「有。」獸人德魯伊笑了笑。

雖然笑這個表情，在他毛茸茸的臉上表現得不是很明顯，但是露出來的尖牙卻表露了他的情緒。

「既然不能讓薩蘭迪爾閣下出面，又必須有人負責哈尼的安危，不如換一個人保護哈尼如何？你們看，我們這不是還有一個合適的人選嗎？」獸人說著，目光轉向黑袍法師。

「我？」

「他？」

精靈與法師對視一眼，異口同聲：「絕對不行！」

†††

利西貝坦家族在王城的宅邸內，今日格外安靜。哈尼回來的時候，除了一些值守的侍衛外，並沒有看到任何人。

父親現在已經知道消息了嗎？羅妮姊姊的傷勢如何了？哈尼心事重重地回到房間，剛想叫人去打聽一下消息，老管家卻出現在他的面前。

「哈尼少爺，伯爵大人請您去一趟書房。」

哈尼顯得有些忐忑。

「父親生氣了嗎？」

老管家慈愛地看著這個自己從小看大的孩子。

「您為家族爭得了榮譽，伯爵大人為何生氣？請跟我來吧，少爺。」

哈尼卻依舊有些不安。不知是不是之前角鬥場的經歷還在發揮影響，他總覺得今天宅邸內的氣氛有些古怪。當他走到書房與自己久未見面的父親面對面時，這種不安達到了頂峰。

「父親大人。」

利西貝坦伯爵坐在寬大的書桌背後，聞言抬起眼睛。

他已經不年輕了，但即便臉上多了光陰的褶皺，仍然能看出這曾是一個十分英俊的男人。然而眉間兩道深深的溝壑，也在向外人暗示這個男人並不和藹的脾氣。

「哈尼。」伯爵站起身來，語氣是從所未有的溫和，「我該獎賞你，我的兒子，你為這個家族贏得了前所有未有的榮譽。」

「我……」在父親強大氣場的影響之下，哈尼瑟縮的壞毛病又顯現出來了，「那不是……」

伯爵眉頭微皺，顯然十分不喜哈尼的這種性格，然而不知為何，今天他格外有耐心，也沒有對自己的兒子發脾氣。

「我知道，這是一些巧合再加上你自己的努力，使你獲得了這份榮譽。」

哈尼還想辯駁些什麼，卻被伯爵打斷了。

「但是你自己也該明白，哈尼，你並沒有承擔這份榮譽的實力。這對你而言更是一種負擔，孩子。」

「那您認為誰有這份實力？」

哈尼似乎明白了什麼，他看向自己的父親，努力隱藏眼中的失落。

「當然是羅妮。」

伯爵並沒有注意到自己想也不想就說出口的話，讓哈尼的雙眼瞬間黯淡下去。

「……您希望我怎麼做，父親？」

伯爵露出欣慰的眼神，他以為哈尼這是在向自己妥協。

他開口，絲毫不考慮哈尼的心情道：「我希望你去向薩蘭迪爾閣下說明，告訴他你放棄成為騎士團的主人，選擇將這一切榮耀交給你的姊姊。至於究竟由誰繼承騎士團，我想這是我們利西貝坦家族的內部事務，其他人不會多加干涉。」

「羅妮姊姊知道這件事嗎？」哈尼低聲問。

「羅妮在休養，暫時還不知情。」

是嗎？哈尼想也是如此，以羅妮的驕傲，絕對不會在失敗後用這種手段。即便是在幻術世界中想要剷除自己，她也是親自握著長劍來宣戰。

哈尼覺得自己與羅妮之間只是信念不同，而他與父親，與這個家族，卻有著無法跨越的溝壑。

「你也放心，當你向閣下表達這個建議後，我依舊會保留你繼承人的地位。」

伯爵還在侃侃而談，哈尼卻不願意再聽下去了。

「請恕我拒絕，父親。」少年抬起頭，和他母親一樣的褐色雙眸坦率地望向這個家族的掌權人，「薩蘭迪爾閣下說過，騎士團承認的繼承人是我個人，而不是利西貝坦家族。我不會將他們交給我的期望再轉交於任何人。」

聽到向來懦弱的兒子說出這一番話，伯爵先是不敢置信，隨後才是憤怒。

「你知道你在說什麼嗎，哈尼？你所有的一切都與家族不可分割，你卻想要獨吞這份榮耀？」

「我的一切都來自於利西貝坦家族，如果家族需要，我願意為它奉獻生命。但是薔薇騎士團並不屬於我，我不能代替薔薇騎士們向您效忠，也不能將他們當做物品隨意轉手他人。」哈尼斬釘截鐵地道：「如果您找我就是想說這件事，那麼，請恕我告辭。」

「哈尼！」伯爵用力拍著桌子，「我是你的父親，你就這樣對我說話？」

父親？哈尼想起幻術世界裡，伯爵因為羅莉娜對「哈尼」下毒而勃然大怒。而現實中，這位父親卻從來沒有提過當年哈尼的母親死亡，與哈尼先天體弱有關的任何事。想必只有在哈尼對家族有用、對伯爵有益時，他才會想起自己作為父親的身分。

這就是貴族們的價值觀，他們習以為常。

哈尼低頭不再與伯爵對話，只打算離開。

「站住……」伯爵卻突然壓低了聲音，「你打算就這樣一走了之？」

書房外傳來隱隱的刀劍碰撞之聲，即便不用親眼看，也能想見衛兵已經包圍在門外了。

伯爵看向自己的兒子：「你現在做決定還來得及。」

哈尼表情苦澀。

這就是羅妮想要守護的家族嗎？這就是南妮騎士放棄一切也想要守護的利西貝坦？為了利益，動輒手足相殘、父子反目，這樣的家族已經不是南妮最初想要守護的家了，只不過是一個蠶食他人血肉的怪物！

「我會放棄薔薇騎士團繼承人的身分。」

聽見哈尼這麼說，伯爵鬆了一口氣，卻沒想到少年的下一句話是——

「我該告訴薩蘭迪爾閣下和薔薇騎士團，讓他們徹底拋棄與利西貝坦家族的承諾，不要再從利西貝坦中選擇騎士團的繼承人。」少年痛斥道，「因為這個家族已經不再是一百多年前光榮的利西貝坦，不再是屬於南妮騎士的利西貝坦了！」

「你說什麼！來人！」伯爵氣得撫著胸口，「給我把這個不孝子——」

哈尼臉色蒼白，卻挺起胸膛準備直面自己選擇的後果。

「看來我來得很及時。」一個戲謔的聲音在本該沒有旁人的書房裡傳來，「再晚一點，恐怕只能帶一具屍體回去交差了。」

「誰！」

「你是——」

哈尼和伯爵的驚呼聲同時響起，隨即伴隨房間內微微亮起的魔力光芒，黑袍法師優雅地走出法陣。他看向哈尼：「要跟我走嗎，小鬼？還是打算留在這裡，把你的性命奉獻給這個腐朽的家族？」

伯爵在一旁叫道：「不速之客！衛兵，給我把他拿下。」

然而屋外沒有任何動靜，他們像被隔離在一個獨立的空間裡，外人無法進來，裡面的人也無法離開。

伯爵終於意識到，這不是一位普通的不速之客，汗水從他臉頰落下。

「或許……」伯西恩看了吵鬧的伯爵一眼，「我可以做得再多一點，替你把這個傢伙解決掉。」

「不要！」哈尼急道。

「他想殺了你。」伯西恩陳述道。

「但他是我的父親！」

「那他應該慶幸。」伯西恩道，「如果這是我的父親，他早就該陳屍荒野。」法師說著，不耐煩地對哈尼伸出手，「你還想要在這個腐臭的地方待多久？」

哈尼猶豫地伸手，見狀，被法師威脅後臉色蒼白的利西貝坦伯爵忍不住叫喊：「如果離開這個家門，哈尼，從此以後你就不再是利西貝坦家族的人！」

「聽見沒？」伯西恩對哈尼微笑，「他這麼說。」

哈尼終於下定決心，最後對自己的父親道：「我的生命是您給予的，我願意將它歸還。但其他任何東西，我都不會再交給您。」

「哈尼！」伯爵惱怒地呼喊著這個名字。

直到那兩個身影消失在法陣之中，他那憤怒的喊聲依舊折磨著少年的心臟。

已經沒有退路了。

違背了父親的期待，拋棄了家族的姓氏，和姊姊反目為敵。從今以後，在除去與生俱來的姓氏後，我還剩下什麼呢？

哈尼心情沉重，不知不覺間跟著法師走出了傳送陣，卻聽到幾聲呼喚。

「哈尼！」

「哈尼。」

「嗨，哈尼。」

雷德一臉興奮：「我都聽說了你幹的事！不愧是我的僕人，為了我，竟然鬧出這麼大的動靜，真該好好褒獎你！」

旁邊，阿奇忍不住對他翻了一個白眼。

「雷德！」哈尼看到紅龍少年有些開心，「你被放出來了。」

雷德吹鬍子瞪眼：「我什麼時候被關過？誰能關住我？我只是去——」

「你不要理他。」阿奇打斷雷德的話，對哈尼道，「要我說，讓薩蘭迪爾再關他幾天，我們耳根才能清淨。」

「你說什麼！」

眼看雷德和阿奇又吵了起來，艾迪習以為常地無視他們，為哈尼指路道：

「哈尼，你先在我們這裡住下，我帶你去房間。」

聽著他們一遍又一遍喊著自己的名字，哈尼終於明白——

我再也不是利西貝坦了，但我還是哈尼。

我是我自己。
就像一百多年前，孤身的精靈被逐出西方樹海。
『你再也不是西方精靈的王儲了，瑟爾。』
『但你還是你自己。』
時光荏苒，卻迴圈不息。

光與暗之詩

DEAR MY THRANDUIL

CHAPTER TWENTY FOUR

匕現

利西貝坦宅邸中發生的混亂，很快就傳到了有心人耳中。

伯爵的兄弟，尤里安．利西貝坦聽聞消息，失聲大笑：「我這個愚蠢的哥哥總會把事情搞砸。他難道以為，有人會在手握權力後甘心把它交出來嗎？」

他注意到身邊人並沒有反應，「怎麼了，羅莉娜？」

在他一旁，羅莉娜夫人臉色淒白，露出惹人心憐的淒苦表情。

「我的女兒還受傷躺在床上，我的心裡只有對哈尼的痛恨，哪還管得上其他？」

「放心吧。」尤里安露出一個安撫的笑容，摟住她的肩膀，「無論是他們帶給羅娜的屈辱，還是奪走薔薇騎士團的仇恨，我都會一一還報。難道妳忘了我們還有一個強大的盟友？」

「我當然不會忘記。」依偎在男人懷中，羅莉娜夫人掩藏著自己的表情，「只是勝利會屬於我們嗎？那個薩蘭迪爾……」

尤里安．利西貝坦的臉色變了變，很快又鎮定下來，說：「精靈再怎麼強大，他也只有一個人，勝利一定會屬於我們。」

羅莉娜悄悄捏緊手指。

「希望如此。」

†††

都伊聖騎士的駐地內，跟在艾迪身後的哈尼似乎欲言又止。

「薩……那個，薩蘭……」終於，少年忍不住問。

「你問薩蘭迪爾大人？」艾迪嘆氣道，「剛才伯西恩法師一回來，他們兩個就出去了。」

哈尼疑惑地看著他。

「大概是去訓練了。」艾迪見怪不怪地道，「最近薩蘭迪爾大人經常以這個名義揍……咳，和伯西恩法師切磋幾招。不許用神術，不許用法術，大人說這是男子漢之間純粹的較量。」

哈尼想著那個場面，一臉冷漠的精靈和一臉嘲諷的法師捲起袖子互相對毆，忍不住笑了起來。

正想著，前面又走來一位騎士。哈尼瞬間站住，躊躇地不知要把手腳放哪裡。

薔薇騎士團代團長維多利安看著他，許久，輕聲喊著他：「哈尼。」

他給了少年一個用力的擁抱。

「維多利安老師？」哈尼意外。

「對不起，哈尼。」維多利安剛剛得知少年被家族驅逐的消息，愧疚道，「如果不是因為我們……」

他猶豫了一下，卻沒有把話說下去。

「老師？」

哈尼受寵若驚地回抱住了維多利安。騎士與少年互相安慰，似乎重歸於好。

「然而，少年並沒有想到，這一切不過是一場謊言，而明日還有更加殘酷的考驗在等著他。」

窗外，目睹著一切的法師用平板無波的語調為這場景配音。

瑟爾嘴角剛剛升起的弧度瞬間回落，心情變得糟糕。

「伯西恩·奧利維！」精靈跳下樹梢向法師追去。

「難道我說的不是事實？」法師一邊使用法術退開一邊道，「你現在又對這個小鬼感到愧疚了？」

看著他們追逐的獸人德魯伊不由得感嘆。

「你們總是這樣吵鬧，感情真好啊。」

精靈和法師同時停下腳步。

瑟爾：「雖然我真的不想說那句話。」

「我也是。」法師道。

但兩人還是異口同聲道：「誰和他感情好了？」

「好的，好的，我明白。」獸人德魯伊絲毫不在意他們的解釋，他也跳下樹，體重震得地面微微一晃，「明天就是一切結束的時候了。」

他黑色的眼睛望向精靈，「瑟爾閣下，我們有幾成把握？」

†
†
†

『我們有幾成把握？』

精靈看著眼前披著華麗長袍，在為繼承儀式做最後準備的哈尼，又想起了德魯伊的那一句話，心情不由得沉重了幾分。對於精心布置的計畫，瑟爾幾乎有十成的把握，然而，如何修復哈尼得知真相後的心，精靈卻毫無把握。

「感到愧疚？」法師在他耳邊低語，「可別忘記，如果不是你這個計畫，這個小鬼可能根本活不到現在。」

「薩蘭迪爾閣下、法師閣下？」哈尼似乎聽見他們在耳語，抬起頭來，「你們還有什麼吩咐嗎？」

「哈尼……」

精靈收回瞪視法師的視線，幾度欲言又止，最後還只是拍了拍他的肩膀，「繼承儀式的時候小心些，注意安全。」

少年看著他，褐色的雙眸裡閃過一絲坦然。

「我會注意安全。薩蘭迪爾閣下，請放心做您想做的事吧。」

那雙眼睛幾乎看穿了瑟爾的心事，他心裡微微一動，正要再多說些什麼。

「閣下。」

外面，有人敲響了門，「紅薔薇王國第二王子殿下有事想要求見您。」

精靈蹙了蹙眉：「必須是現在？」

「王子殿下說，是關於當年獸人山麓戰役失蹤精靈的後續消息。」

對方顯然很瞭解瑟爾的心理，拋出這個誘餌，無論是真是假瑟爾都不得不去。

顯然，這是一個將薩蘭迪爾從哈尼身邊調開的好主意。

來了！精靈與法師對視一眼。

「告訴他們，我現在就去。」對門外通傳了一聲後，瑟爾再次看向哈尼，「如果有什麼危險就跟在法師身後，他會負責保護你。」

伯西恩站在一旁，不置可否。

瑟爾正要離開時，突然被哈尼拉住。

「閣下。」少年望著精靈銀色的雙眼，「我是否還是有一點用處的呢？我是說，對您，對雷德而言。」

他真的知道了什麼。這一次，瑟爾不再懷疑。

「你遠比你想像得更有價值，哈尼。」瑟爾再一次囑咐他，「照顧好自己。」

今天來觀看繼承儀式的人數明顯沒有昨天去角鬥場的人多。顯然，人們更感興趣的還是鮮血與戰鬥，而不是旁觀他人獲得榮譽。

繼承儀式選在一個空曠的半露天會場內舉行，半開放式的頂棚可以很好地投進陽光，但是——

「但是這樣不是很危險嗎？」阿奇說，「如果有人想要襲擊，輕而易舉就可以闖進來，畢竟這裡沒有屋頂。」

「王國的宮廷法師和親衛隊可不是吃素的。」艾迪回道，「而且現場有這麼多貴族帶了私人武裝，誰會想不開襲擊這裡？看，哈尼出來了。」

當然，如果有人裡應外合，非要將刺客放進來，那是攔都攔不住的。

他們坐的位置並不是很遠，可以清晰地看到披著華袍的少年的表情。哈尼看上去有些僵硬，似乎不適應被這麼多人矚目。阿奇哈哈笑道：

「我敢打賭，他現在走路肯定同手同腳。你看伯西恩老師都快不耐煩地踹上他屁股了！咦？薩蘭迪爾呢？」法師學徒疑惑道：「這麼正式的場合，他怎麼沒有陪在哈尼身邊？」

「維多利安也不在，薔薇騎士們一個都沒有出現。」艾迪突然覺得有些不妙，「現在哈尼身邊的守護人員只有伯西恩一個，情況好像有點不對。」

他話音剛落，就聽到一聲呼嘯的巨響！一道烈焰從暗處射出，直直射向場地最中央的哈尼與伯西恩。

貴族們驚叫出聲，眼看巨大的火球落地後，迅速將周圍一切燃燒成灰燼。

在那個龐大的火球之後，整個會場都陷入了混亂。有人尖叫著刺客，貴族們互相踐踏想要逃出這裡。

「去保護哈尼和伯西恩！」

事情有變，艾迪迅速拔出長劍想要去救援，然而慌亂逃跑的人群阻止了他們，聖騎士們只能困難地在人群中逆流前進。

「外面似乎有什麼動靜？」

坐在會議室內，瑟爾動了動尖耳。

「如果我沒記錯，現在正是繼承儀式開始的時候。」

「喔，喔，那肯定只是一個小小的意外，請您不要放在心上。」

坐在他對面的王國第二王子一直心不在焉，此時卻像是吃了定心丸一樣，他露出一個笑容，「一切都會很順利的。」

瑟爾看著他。

「是啊，我也這麼想。」

「擊中沒有！」

「沒有，那法師好像用了法術卷軸，他們躲過去了。」

「一個幻術系的法師能有什麼戰力？等他用完卷軸就要束手就擒了，上！」

黑暗中的襲擊者們想當然地認為，在薩蘭迪爾和薔薇騎士們都不在的場合，一個名不見經傳的幻術系法師不會對他們產生什麼威脅。然而可惜的是，他們沒有提前詢問過和這位法師戰鬥過的羅妮小姐，否則必然會後悔自己此時的決定。

「束手就擒？」火焰的光芒褪去後，有人輕笑了一聲，「沒想到我也會給人這樣的印象。」

法師的黑袍從逐漸熄滅的烈火中露出一角，不僅毫髮無損，甚至連一絲灰塵都沒沾上。

面對襲擊者們驚訝的目光，伯西恩莞爾一笑。

「用火元素襲擊一個元素法師，真有創意。」

他高舉起右手，一個無聲法術瞬間發出，原本即將熄滅的火焰再次膨脹，並迅速向周圍的刺客們撲去，飛快地將他們吞沒。

「不！」有人不甘心地嚎叫，「你不是幻術系法師嗎？為什麼！」

「我可沒有說過我只精通一系。」伯西恩冷眼看著這些刺客在火焰下掙扎。

「梵恩城的伯西恩．奧利維，法師之城的天才，傳言他是一位精通三系法術的強大法師。」有人用長劍劈開火焰，跨火而來，「沒想到，會在這裡見到那位傳說中的人物。」

伯西恩的黑眸冷靜地望著這些新出現的角色，那些可以灼碎人骨的火焰對他們毫無影響。

眼看這些不畏懼火焰的騎士拔出長劍、將他們包圍，法師冷笑道，「看來開胃菜過後才是正餐。」

「不行！」艾迪道，「前面被領域封住了，我們進不去！」

「老師和哈尼都在裡面啊，你說被封住了是什麼意思？」阿奇焦急地問。

「字面上的意思，前面是屬於另一個神明的領域，它拒絕我們進入。」

每個神明都有專屬的神殿以及領域，神殿是人間供奉神明的殿堂，領域是神明的勢力範圍，在這個範圍內神明有著理論上的絕對實力。而虔誠的聖騎士可以向自己的主神禱告，祈求領域降臨。

艾迪說：「現在可能出現在這個王城裡的聖騎士，除了我們，就只有——」

「赫菲斯的聖騎士。」坐在二王子對面的瑟爾突然開口。

第二王子手中的杯子輕輕晃了一下，有些心慌地道：「您……您為何突然提起他們呢？」

「沒什麼。」一直端坐著的瑟爾淡淡道，「我只是不喜歡有人在我的地盤裡，隨便留下痕跡。」

這麼說著，一道肉眼不可見的壓迫感以精靈為中心擴散開來。它沒有實體，沒有光芒，卻如空氣般無處不在。

以利的領域。

光與暗之詩

DEAR MY THRANDUIL

CHAPTER TWENTY FIVE

赫菲斯

「赫菲斯！」

精靈叫住想要離開的騎士。

「前方的領地已經被惡魔突破！你還要和你的騎士們去哪裡？」

騎在駿馬上的紅髮騎士頭也不回地大喊：「那是我的家鄉，精靈！就像你要守護樹海，我們要回去守護家園！」

赫菲斯．安托穆雷，人類的英雄，比巨龍還要強大的騎士。

†††

赫菲斯聖騎士們的領域展開還沒有半刻，便被另一道強大的力量突破。那道力量沒有屬性，卻帶著無堅不摧的霸道，輕而易舉地突破了赫菲斯騎士們剛剛建立起的領域。

看見那些紅髮騎士臉上錯愕的表情，伯西恩幾乎忍不住笑出聲來。

「難道你們忘記了？」法師譏嘲道，「這裡還有一位和你們主神並肩作戰過的聖騎士。」

「不可能。」領頭的紅髮騎士蹙眉，「他保證過……」

他接下來的話沒有說完，但是伯西恩皺了皺眉，隱約覺得騎士口中的「他」是某個在自己預料之外的人物。

他可不喜歡這種超脫掌控的感覺。

「既然你們已經不能使用領域，」伯西恩舉起法杖，「那正好可以來一場公平的對決。」

赫菲斯的聖騎士們放棄鑽研領域為何失敗，選擇使用武器應戰。

「這不公平。」對方首領開口，「我們以多敵少，對你不利。如果你放棄這個少年，法師，我們可以不與你為敵。」

伯西恩調笑道：「你們竟然還知道『公平』。不過很可惜我聽命於雇主，可不是你們。」

「赫菲斯會記得你的犧牲，法師。」

對方首領看著伯西恩，好似已經在看一個死人了。

伯西恩冷笑。

「我可不會記住你們。」

「伯西恩老師！哈尼！」

阿奇拚命在混亂的人群中喊著這兩個人的名字，卻是徒然。

恐懼中的貴族們可不比貧民高貴，他們互相推搡造成的擁擠，是比襲擊本身更大的麻煩。以阿奇這瘦小的身板，要不是有艾迪在前面擋著，早就被人群擠散了。

「現在情況怎麼樣？」阿奇問。

「薩蘭迪爾閣下也施展領域了。」艾迪嚴肅道，「但是在以利的神域內，我也無法摸清楚情況。」

耳邊傳來人群的慘叫聲，似乎又有刺客衝了進來。

「我怎麼感覺襲擊的人不止一批啊？」阿奇說，「好像有人在渾水摸魚。既然我們找不到伯西恩老師他們，能不能先把外面這批人解決了？」

可是我們今天來的人數太少了，自保都有點困難。艾迪正想告訴阿奇事實，外面的情況又有了新的變化。

「安靜。」一隊騎士從會場門口魚貫而入，「請有秩序地撤離！」

「是薔薇騎士團！」

「受傷的人請到這邊來，有牧師會為你們治療。」

「光明神殿的人也來了！」

刺客們似乎也沒料想到這一幕，見勢不妙，他們準備撤退，卻發現後路也被人封上了。

穿著鎧甲的伊馮帶著都伊的所有聖騎士和騎士候補，冷冷地望著他們。

「襲擊會場的刺客？」伊馮道，「就讓我來看看你們的真面目！」

艾迪和阿奇兩人目瞪口呆地看著局勢變化。

阿奇怔怔道：「我們好像被人耍了……我現在才明白，原來這場繼承儀式只是為了甕中捉鼈。」

艾迪看著伊馮帶領聖騎士們抓捕刺客。

「我覺得隊長好像已經把我剔除在行動名單之外了。不過，究竟是誰布下了這個局？」

兩人對視一眼。

「薩蘭迪爾！」

「薩蘭迪爾大人！」

另一邊，與赫菲斯聖騎士們周旋的伯西恩勉力不至於落至下風，畢竟對方人數太多，他手邊又要護著一個人。

哈尼眼看法師已經有些應接不暇，不由得道：「請您不要管我！先完成薩蘭迪爾閣下的任務，抓住這些騎士吧！」

伯西恩有些意外地看了他一眼。

「你都知道？」

哈尼苦笑：「我就覺得奇怪，像我這樣的人怎麼可能這麼順利就被選中，成為騎士團的繼承人，而且維多利安老師之前看我的眼神也總帶著歉意。我知道，你們一定瞞著我什麼。」

現在他才知道，原來這所謂的傳承考驗和繼承儀式，從頭到尾就是一個布局，就是為了引出這些藏在暗處的人們！

「他們就是一路上襲擊我的人嗎？他們究竟有什麼目的？」少年問。

伯西恩冷笑道：「這些人可不僅僅襲擊了你，如果瑟爾猜得沒錯，紅龍失蹤、大主教失蹤這些事情都是他們幹的！他們瘋了。」

兩人的談話並沒有避開赫菲斯的聖騎士們。他們很快就明白自己才是落入陷阱的那一方。

「薩蘭迪爾已經知情了。」為首那人對屬下道，「撤退。」

想走？伯西恩挑眉，揮手開始念出咒文。

法杖上那些複雜精美的紋路宛若活了過來，猶如一條條曲折蜿蜒的河流在杖身上流淌蔓延。

伯西恩低聲道：「在薩蘭迪爾還沒有抵達這裡之前，任何赫菲斯的聖騎士都無法離開。」

法師的聲音帶著莫名的力量，赫菲斯騎士們撤退的腳步很快就僵住了。他們發現自己的行動受到了限制，明明出口就在前方，卻宛如被無形的屏障擋住了，無法向前邁動一步。

「不可能！」為首的騎士很快就聯想到法師之前的那道咒語，「如果你能夠改變因果律，為什麼還只是一個普通的人類法師！」

萬事萬物皆有因果，人們都知道種下種子會得到果實，而果實裡孕育著更多的種子，因果迴圈。

如果一個孩子生下來便是紅髮，那他就不可能在成長中自然演變為黑髮，這是既定的因果。

如果你在學校裡獲得出色的成績，那就有可能在畢業後獲得一份不錯的工作機會，這是後天的因果。

一次選擇、一場意外，都包含著無數種可能和結果。這種掌握事物因果的力量被稱為因果律，而有能力掌握因果律的只有神明。

顯然，對面的首領誤會了伯西恩，以為他能干涉神明才能控制的領域。

然而，伯西恩施展的只是一種預言術小技巧，在千萬種未來中，會盡最大的可能引導向施法者最希望的那一個，並不是真正的因果律，即便如此，他的臉色還是因為施展這個法術而蒼白了一些。

不過，法師很樂意對方誤會了自己，並巧加利用這種誤會。

「既然你們也知道因果律，」伯西恩說，「就應該知道自己跑不了了。與其等薩蘭迪爾親自來收拾你們，不如現在就束手就擒。」

赫菲斯聖騎士們的臉色變得很難看。

「因果律無法破解。」對方的騎士首領沉聲低語了一句，隨即看了一眼自己的同伴，高喊，「為了赫菲斯！」

「為了赫菲斯！」

火神騎士們拔出長劍，長劍上漸漸泛出破滅的紅光。

「該死，一群亡命之徒！」

伯西恩發現危險，拉著哈尼急速撤退。

這幫赫菲斯的聖騎士不愧是狂信徒，在被俘虜和就義之間，毫不猶豫地選擇了後者。

法師發現自己施展了預言術後的力量，無法帶兩人離開對方自爆的領域。
「德魯伊！」伯西恩高喊，「如果你還在這裡，快來把這個小鬼帶走！」
「我的力量不夠。」暗中警戒的德魯伊回道，「我還要負責警戒場外，只能帶走你們之中的一個。」
伯西恩不耐煩道：「沒有人讓你管我。」
他說完，一把將哈尼推向暗處，在哈尼即將摔倒之際，一簇柔軟的樹枝將他包圍住，並迅速帶出危險地帶。
「等等！」困在樹葉和藤蔓中的哈尼問，「那他怎麼辦？」
沒等到德魯伊回答，他就已經看見了結果。
以第一位赫菲斯聖騎士為首，所有赫菲斯聖騎士的皮膚都露出皸裂的痕跡，像是全身血液都化作了岩漿。他們最後高喊一聲「赫菲斯」，便砰砰砰……一個接著一個炸裂開來。
哈尼唯一能感受到的，是幾乎將空氣都融化的熱烈溫度。
會場內突如其來的爆炸聲吸引了每一個人的注意。剛剛隨著伊馮撤離的阿奇等人忍不住回頭，驚訝地看著會場在爆炸中化為一片廢墟，熱浪宛若要將地面掀起一般陣陣襲來。

「是獻祭。」艾迪低聲道，「那些赫菲斯的聖騎士，為神明獻出了生命。」只有最忠誠的聖騎士，才會為他的神明毫不猶豫地獻出生命。赫菲斯聖騎士們自爆以後，包括艾迪和伊馮在內，在場所有都伊聖騎士都沉默地望著那個方向，並將長劍舉到胸口致敬。

阿奇簡直摸不著頭腦。

「你們還向他們致敬？那群赫菲斯恐怖分子引起了爆炸，伯西恩老師和哈尼還生死不明呢！」

艾迪則說：「不管他們目的為何，為神明獻出生命的聖騎士都是值得尊敬的，哪怕是敵人。」

聖騎士們的回答讓阿奇再次感受到了虔誠者和無信者之間的代溝。與此同時，一個被伊馮他們抓住的刺客哈哈大笑起來。

「就算是聖騎士又怎麼樣，這麼簡單的任務都完成不了，還白送了命！簡直就是一群廢物。」這個刺客或許是自知沒了退路，便不顧後果地嘲諷。

伊馮蹙眉，上前撕開他的面巾。

「我認得你。」聖騎士隊長道，「你是利西貝坦家族的騎士。你們利西貝坦家襲擊會場，連累到這麼多人，還以為能全身而退嗎？」

那名刺客譏笑道：「那就看看是誰能贏到最後吧！」

「伊馮隊長！」有人急急來報，「城外有大批不明武裝人員在接近，對方已經將白薔薇城圍住了！」

「什麼？」伊馮意外。

那名刺客聽到消息後大笑三聲並大喊：「勝利屬於伯爵閣下！」隨即咬舌自盡。

「一個一個的，都瘋了。」

阿奇看著又一個人這樣輕易送出性命，感到十分不能理解。

同時，越來越多人發現白薔薇城被一批不明的武裝力量圍困了。伊馮他們迅速趕到城牆處，發現圍城的人員遠比預想中的多，而且除了幾千名利西貝坦家族的私兵之外，竟然還有許多全副武裝的獸人。

「他們竟然還聯合了獸人？」艾迪驚訝，「利西貝坦家族究竟想要幹什麼？」

一旁有人說：「他們想要再上一步，爵位已經無法滿足這些野心家了。看來早在這場傳承儀式之前，利西貝坦伯爵就已經有了不臣之心。」

「薩蘭迪爾大人！」

「閣下！」

眾人回頭，看著登上城頭的精靈。

瑟爾手上還提著被他臨時綁過來的第二王子殿下，看著城下烏央央一片的敵人，他對王子譏嘲道：

「所以你選擇了這樣的合作對象，聯合覆滅自己的王國嗎，王子殿下？」

第二王子顯然也被蒙在鼓內：「不，不可能！他們說會支持我的，竟然騙我！」

瑟爾放開這個已經沒有用處的白痴王子，看向不遠處黑壓壓一片的圍城武裝。

利西貝坦的野心已經昭然若揭，他們裡應外合赫菲斯聖騎士和獸人，將目標對準白薔薇城，是想奪下這個王國，還是有別的目的？

赫菲斯的聖騎士和獸人呢？他們又各自有什麼目的？只是究竟誰才有這般本事，能把這三股不同的勢力聯合在一起？

精靈想了很多，就在這時，他旁邊突然又閃現出一個人影。

伯西恩出現得毫無預兆，瑟爾對他的到來卻不感到意外。

「怎麼只有你一個人？」精靈問。

法師說：「他在德魯伊那裡，比我先走一步，他們還沒有過來？」

瑟爾眉頭微蹙，心下有了不祥的預感。

就在此時，城外敵方的陣營裡有人策馬上前一步。

「薩蘭迪爾！我們並不想與你為敵。」那人高喝道，聲音清楚地傳進每一個人耳中，「如果此時你放棄這個王國，我可以讓你和你的朋友們毫髮無損地離開。」

「怎麼會是她？」身後有人驚訝出聲。

然而，瑟爾望著敵營主帥那張美顏的面孔，卻像終於捅破了迷霧。

「原來是妳。」他喊出對方的名字，「伯爵的情人，羅莉娜。」

羅莉娜夫人微笑，此時她已經沒有如菟絲花一般的楚楚可憐，而是強勢得猶如一條美女蛇。

「妳把利西貝坦家的人怎麼樣了？」瑟爾問。

「你是問這兩個沒用的男人？」羅莉娜嘲笑一聲，用腳踢了踢身下昏迷過去的兩人，「他們兩個聽到襲擊會場失敗的消息，一個想要自盡，一個只想著逃跑，都是沒用的廢物。我好不容易等到今天的機會，費盡心思布置的一切可不能讓他們糟蹋了。沒辦法，我只能親自上陣，解決最後一個大麻煩。」

瑟爾看著羅莉娜施展的神術，一道冰環以她為中心向外擴散開來，而在她腳下有兩個男人被扔在地上不省人事。

「沃特蘭。」精靈低聲道，「妳是水神的祭司。」

「是大祭司！」羅莉娜夫人驕傲地抬頭。

原來如此，在精靈身旁，伯西恩陷入了沉思。

這是一場精心醞釀、布置了不知多少年的局。從當年羅莉娜偽裝身分潛入利西貝坦家族以來，她在兩兄弟之間迂迴，在伯爵與王國之間挑撥離間，又和赫菲斯聖騎士和獸人同謀，一直都是她在幕後興風作浪。

顯然，赫菲斯的聖騎士對這個女人來說只是棄子。那麼，這個女人，不，或者是說水神沃特蘭，費盡心思究竟想要獲得什麼？

「你們抓走迪雷爾、都伊大主教、在獸人山脈附近肆意抓捕混血，現在又圍攻白薔薇城，羅莉娜，妳和妳的主神究竟有什麼目的？」

還沒等到對方回答，伯西恩已經搶先一步道：「生命祭祀……沃特蘭想要舉行生命祭祀！」

法師的語氣第一次變得如此驚訝。不僅如此，在他開口之後，凡是聽懂這個詞彙的人均臉色大變，看向羅莉娜的眼神猶如在看惡魔。

「荒唐！」伊馮道，「你們知道自己在做什麼？你們以為神明會熟視無睹嗎！」

紅龍雷德氣紅了眼：「你們竟然想把迪雷爾叔叔當做祭品，不可饒恕！」

羅莉娜無所謂地笑了笑，似乎並不畏懼。

「嗯，什麼是生命祭祀？」阿奇問。

艾迪臉色沉重：「是一種絕對不可施展的禁術。」

「你這樣說了等於沒說耶。」法師學徒不滿道。

「以成年紅龍充沛的生命力量為基石，以光明大主教的神力為脈絡，再以所有混血中蘊藏的各大種族血脈為祭，便可以舉行生命祭祀。」伯西恩說，「你明白這意味著什麼嗎？」

「大地、天空、眾生。」法師沉著聲道，「不知多少萬年前，以利也是以這些元素開闢了我們所在的這個世界。生命祭祀，正是創造世界的法術。」

法師學徒張大了嘴，合不攏：「那就是說羅莉娜……不，那個水神想要學以利那樣開闢一個新世界？哇，他想當創世神？」

「不。」

自從法師說出「生命祭祀」這個詞後，就一直沒有出聲的瑟爾終於開口了：

「即便現在將整個大陸的種族都拿來獻祭，也根本不夠開闢一個世界。這個縮小版的生命祭祀無法成功創造世界，而獻祭產生的能量無法被消耗，淤積起來只會將整個王國都炸飛。」

「他們是想讓整個紅薔薇王國的人一起送命嗎？」阿奇驚訝，「真是新奇的自殺方式。」

「考慮好了沒有，薩蘭迪爾？」

瑟爾沒有說話。

「哎呀，正如那位大人所說呢。」羅莉娜夫人笑道，「有時候，你是個需要別人幫你做決定的人。」

她揮手，一個淡藍色的法陣在腳下浮現。

「如果半個星時內你沒有找到我，那你在意的那個小鬼和德魯伊，都將送命。」羅莉娜惡意笑道，「記住，他們是為你而死的。」

精靈臉色一白，下一瞬間，那女人已經消失在眾人眼前。

「她竟然傳送走了！」阿奇驚道，「瞬移法術不是我們法師的獨門絕技嗎？」

「水神沃特蘭在成為神之前也曾是一名法師。」伯西恩開口解釋，「瞬移早就不是我們獨家的了。」

法師把目光轉向精靈。

「你的臉色不好看。」伯西恩說，「想追就去追，猶豫什麼？」

瑟爾回頭，心裡煩躁，剛想說那城下圍城的這些敵人怎麼辦？然而，伯西恩已經替他開口了。

「這裡交給我。」伯西恩黑色的眼睛看著他：「你去吧，瑟爾。在你回來前，白薔薇城絕對不會被攻破。」

瑟爾心神大震。

有那麼一瞬間，他幾乎將伯西恩與一百年前的刺客貝利混合起來了。巧的是，當年曾經發生過的事現在又重演了。

「你保證。」瑟爾聲音帶著一些沙啞。

伯西恩同樣曉得那一段記憶，此刻，沒有人比他更明白精靈心中的複雜感情。

「放心。」法師說，「我總不會讓你再去種一株『安魂樹』。」

瑟爾幾乎要被他氣笑了。

「如果你死了，」他說，「我才不會幫你種。」

下一瞬，精靈隨著羅莉娜消失的方向，緊追而去。

法術注目許久，就在城下的敵人們開始攻城之時，他突然笑了，那張蒼白的臉上都為此染上了一絲血色。

說實話有那麼難嗎？

——所以你不能死。

†††

這是在哪裡？

我……對了，我考驗失敗了，我輸給了哈尼。

我失敗了！

我應該受了傷，可是這裡是哪裡？

山洞的一角內，羅妮渾渾噩噩地撐起身體，卻驟然被一陣刺骨嚴寒包圍。飛雪夾雜著冰霜從洞口席捲而來，很快就將她身上的最後一絲暖意消滅。

「這裡是……」

羅妮低頭，看見自己的傷口已經被包紮好了。既然有人幫自己處理傷勢，是不是說明現在的情況還不算太糟？

然而，很快她就明白自己大錯特錯。

「你醒了。」洞口傳來一道熟悉的聲音，「中了幻術，差點將自己殺死。我可從來沒見過這麼愚蠢的人。」

羅妮看清來人，瞳孔一縮。「母親……」她看著那面容熟悉，神情卻很陌生的女人，後退幾步，「妳是誰！」

「妳還不算笨。」羅莉娜輕笑，「畢竟另外一個傻小子可是一直將我認錯。」

羅妮順著她的眼神看去，看到了地上在另一個角落昏迷不醒的哈尼。

利西貝坦家族兩個繼承人都在這裡，這個女人想做什麼？在沒有弄清楚情況之前，羅妮選擇沉默。

「妳果然有點小聰明，怪不得她如此寵愛妳，甚至為了妳，不惜違抗我的命令。」羅莉娜看了她一會兒，「要不是妳是祭祀必要的一環，我也可以考慮把妳當做自己的孩子撫養。」

羅妮咬牙：「你把我的母親怎麼了！」

「真是好笑，妳在幻術裡不是還想殺了她嗎，現在卻又關心起她了？」羅莉娜譏笑，可很快又像換了一個人似的，臉上掛起憂愁，那種冷漠的神情也不再，「羅妮！羅妮，妳還好嗎，沒有受傷吧？」

羅妮困惑地看著這個一瞬間變換兩幅表情的女人，「這究竟是怎麼回事？」

羅莉娜夫人道：「不要頂撞大人。我一定會讓妳活下去的……羅妮……羅妮！」

然而，這一次羅莉娜話還沒有說完，就像被人勒住喉嚨一樣止住了。

她的臉部痛苦地糾結起來，當她再次平復下來的時候，又變成了羅妮感到陌生的那張冷漠臉龐。

即便羅妮不瞭解法術，也能知道她的母親是被某種存在附身了。

「你究竟是誰？」羅妮看著這個頂著母親面容的傢伙，「這是什麼邪術！」

「這是神術。」頂著羅莉娜夫人面容的人對她微笑道，「至於我，妳可以叫我沃特蘭。」

羅妮感覺渾身的汗毛都豎起來了。

身後傳來低呼。

「……唔，羅妮姊姊？」

†††

瑟爾還不知道他想要尋找的羅莉娜夫人已經被水神取代了。

他迷路了，或者說，他是被一群獸人攔住了去路。

「是薩蘭迪爾！」

「殺了他，為我們的族人報仇！」

「吃了他的血肉！」

獸人們團團圍繞著精靈，似乎沒有意識到即將面臨什麼。

這一幕是如此熟悉。他想要去救人，身後還有著陷入圍困的同伴，獸人卻為他增加了阻礙。

精靈閉上眼睛，感覺自己的聲音像被風雪凍住了。他單手扶住長劍，努力克制住自己。

「滾開。」

莽撞的獸人們絲毫沒有察覺到危險，嚎叫著撲了上去。瑟爾拔出長劍。

轟隆隆——

山下傳來如雪崩一樣的轟隆聲，一陣又一陣，沃特蘭朝下望了一眼。

「比我想像中的快呢。」沃特蘭似乎感到滿意，微微勾起唇角。

神明不能直接降臨，只能借用信徒的軀殼。

他此時用著女人的身體，卻絲毫不覺得彆扭。他看向山洞內的三人：「那麼，要從你們中的哪一個先下手？」

「你究竟想做什麼？」被捆在地上的獸人德魯伊吼道，「既然你是神明，為何要做這些事！如何對得起那些信賴你的人？」

沃特蘭的臉色微微一變，但他隨即控制住。

「誰說神明就一定要慈愛博大？獸人們都粗魯好戰，不也一樣出了一個你？德魯伊，或許我該先從你開始。」

然而出乎他意料的是，羅妮擋在了獸人身前。

「我可不覺得妳是這麼好心的人。」沃特蘭挑眉。

羅妮承認道：「我不是。只是在你殺他之前，我想和你商量一件事。」

沃特蘭饒有興致。

「你可以把我放了。」羅妮道，「如果你的目的是殺了我們來刺激薩蘭迪爾，那我並沒有什麼用處，他並不喜歡我。而且比起這個獸人，我建議你可以先從我弟弟開始，他比較喜歡哈尼。」

「羅妮姊姊！」

扶著德魯伊的哈尼不敢置信地抬起頭，可是羅妮看也不看他一眼。

「然後呢？」沃特蘭反問，「放了妳之後。」

「我會自行離開，絕對不干擾你的計畫。比起被牽扯進你們的對決，我更想留著自己的性命。我還有許多事情沒有完成，不想枉然送命。」羅妮冷靜道。

沃特蘭想了一會兒，竟然同意了。

「好吧。」他讓開一條道路，「妳可以離開。」

「謝謝。」羅妮經過他身邊時，又突然道，「我可以問一句嗎？我的家人們現在都怎麼樣了？」

「棋子沒有用處後自然就是棄子。」沃特蘭說，「不過，想必妳也不在意吧。」

羅妮沒有說話，眼神平靜到似乎不理解沃特蘭說了什麼。

沃特蘭看了她一會兒，轉過身。就在這一刻，迅速的破空之聲從他身後傳來，他卻露出笑容。

「就差一點呢。」

沃特蘭抵住匕首，看向突襲失敗、面露憤怒的羅妮。

「我還以為妳會理解我。沒用的棋子都該捨棄，在幻術裡面妳不也是這麼做決定的嗎？真令我失望。」

他的臉色冷下來，將羅妮狠狠地甩了出去。

少女的身軀與岩石相撞，嘴裡吐出一口血。

「姊姊！」哈尼衝過去抱起她，流著淚幫她擦去嘴邊的血跡，「妳沒事吧？妳不能有事。」

不知為何，沃特蘭本來冷酷的臉色在看到哈尼的淚水之後，不知不覺間又緩和了一些。

「愚蠢的傢伙。無論別人怎麼對你，都以一顆赤子之心對待別人。」他像想起了什麼，眼神變得晦暗起來，「可像你們這樣的笨蛋註定要被人戲弄，丟了性命！」

「沃特蘭！」哈尼抬起頭，「你是神，想殺我們直接殺了就好！為什麼要如此戲弄我們，你究竟想要做什麼？」

「這也是我想問的話。」

一個聲音從外面傳來。

精靈頂著滿身風雪，他的銀髮與雪色融為一體，好似誕生於冰雪中的神明。他看向沃特蘭。

「我早該想到。」他說，「僅僅一個大祭司絕對不會有這樣的本事。」

「好久不見，瑟爾。」沃特蘭並不意外，對他露出一個笑容，「記得上次見面還是在赫菲斯的酒會上。」

「是啊。」精靈淡淡道，「那一次你還是一個人類，後來你成了神。現在的你，卻畜生不如。」

毫無預兆地，他提起長劍朝沃特蘭攻去。

「被你抓走的那些人都在哪裡！」

沃特蘭有些吃力地擋下他的一擊。

「你生氣了呢。」他笑道，「你的眼睛都變紅了。知道嗎？還是赫菲斯先發現這一點的，生氣時的瑟爾眼睛會變色。當他第一次跟我提起這件事的時候，我還有點吃醋。」

「赫菲斯在哪裡？讓他出來！」

一邊和沃特蘭交戰，瑟爾一邊怒吼：「他就放任你做這種事？任你糟蹋無辜人的性命？還是說，他和你一樣墮落了，這些事也有他的一份！」

沃特蘭的臉色迅速變了。

「不准你那樣說他！」

神明發怒了，他的話語彷彿有著重音，在山巔間一層一層蔓延開。

無形的力量震動著大地，山脈開始顫抖。哈尼聽見了山洞崩塌的聲音，就在此時，掙脫了束縛的德魯伊一把抱起他和羅妮。

「我們快離開這裡。」德魯伊說。

崩塌的山洞內，時不時閃過瑟爾和沃特蘭交戰的聲音，同時也傳來沃特蘭被放大的聲音。他們越戰越偏，直到抵達一個峽谷。

「赫菲斯從未改變！」水神憤怒地道，「他是最英勇的戰士，最無私的神明。沒有人，沒有任何人可以這樣誣衊他！」

瑟爾擋下水神的一道法術，被震得後退了幾十公尺。

「但你卻讓他的聖騎士去幹偷襲別人的勾當，你讓他的正義背負上了陰影。」精靈說，「赫菲斯知道了，一定會傷心。」

沃特蘭露出一個悲傷的笑容。

「如果他能知道的話。」

光與暗之詩

DEAR MY THRANDUIL

CHAPTER
TWENTY SIX

沃特蘭

人類成為神明的先例從未有之。

當知道以利向這兩個朋友拋出橄欖枝後，瑟爾也感到驚訝。他剛成為以利的聖騎士，對這位偉大的神明還不是十分瞭解。

「成為神雖然會有更強大的力量和無盡的生命，但也會有更多責任。」精靈看向眼前的兩個朋友，「你們做好決定了？」

赫菲斯豪爽地笑起來。

「其實我並不求長生，瑟爾。」英俊強大的騎士卻有著一雙溫柔的眼睛。

「但是神明會擁有更強大的力量這點你說對了。」赫菲斯說，「你知道當我看見被以利賜予了神力的你，輕而易舉地挽回一場敗局時，我在想什麼嗎？」

「你覺得我走了好運。」瑟爾面無表情道，「或許還有一點不甘。」

「哈哈哈，瑟爾。」赫菲斯大笑。

「你是我見過第一個說話這麼直接的精靈，或許……也會是最後一個了。」他嘆了口氣，「我的確有點羡慕你，你挽回了必輸的一場戰爭，救了那麼多人的性命。我就想，如果成為神明後我也有這份力量，是不是可以守護更多的人。」

他的紅髮宛若朝陽，雙眸熠熠生輝。

「可惜的是，我們以後無法再見面了，不過還好，以利給了我和沃特蘭同樣的待遇。有他陪著我，見不見得到你們也無所謂了。」

母胎單身兩百年的瑟爾，突然有點想揍這個傢伙。

†††

「赫菲斯？」聽見最後那一句話的瑟爾愣住，「他出什麼事了？」

沃特蘭飛速後退到一邊的山崖上，對站在峽谷裡仰望自己的精靈道：「你不是想問他在哪裡嗎？瑟爾，他就在你腳下啊。」

瑟爾微微詫異地低下頭，隨即發現腳下峽谷的大地開始發生變化。岩石開始變得透明並融化，直到腳下的地面變成一層冰霜，而在這半透明的冰霜之下，能隱約看到一個沉睡的身影。

「赫菲斯！」

那是個有著燦爛如太陽一般紅髮的英俊男人，他清醒時總是帶著爽朗的笑容，讓人不知不覺想追隨，總是人群的焦點。然而，此時他無知無覺地沉睡著，蒼白得如同一具屍體。

「他的身體怎麼會在這裡？」瑟爾錯愕地看向沃特蘭，「他怎麼了！」

沃特蘭退到不遠處，悲傷地看著自己的戀人，許久緩緩開口：「你知道前任火神與水神是怎麼隕落的嗎？」

「是因為惡魔……」

瑟爾想說的話被扼在喉中。

他看見了沃特蘭痛苦的表情，就知道真相絕對不是自己以為的那樣。

「我最後悔的一件事。」沃特蘭隔空遠遠地愛撫著赫菲斯的臉龐，眼睛裡好像有破碎的水光，「就是同意赫菲斯接受以利的邀請，繼承火神神座。以利——」

沃特蘭鋒銳的眼神突然看過來。

「我恨他，還有你！」

瑟爾腳下的冰層閃現出紅色的紋路，隱隱約約散發著不祥的氣息。瑟爾看見那些紋路彼此勾連、互相交錯，很快就構成一個龐大複雜的陣法。接著，他在冰層更下面一點的地方看見了沉睡的紅龍迪雷爾，還有其它失蹤的人。

原來沃特蘭將生命祭祀的陣法藏在這裡！

「一隻紅龍還遠遠不夠。」沃特蘭的聲音從寒風中傳來，「你知道嗎，瑟爾？我思考了很久，發現你才是最合適的祭品。」

「你瘋了。」

瑟爾看見紋路逐漸朝自己蔓延而來，像藤蔓一樣爬上自己的腳踝，束縛住了他的行動。

「祭祀不會成功！你根本無法創造出一個新世界。」

「誰說我要創造世界？」沃特蘭用冷淡的眼神看向他，「沒有赫菲斯的世界對我來說，根本毫無意義。」

他高舉起雙手，閉眼開始默念咒文。屬於水神的藍色神力在他周身煥發開來，並逐漸融合到法陣之中。

「怎麼辦？」遠遠看見這一幕的哈尼大喊，「薩蘭迪爾被困住了，我們得想辦法！」

「不行，周圍的植物不聽從我的調動。水神也掌管著生命，除非自然女神親自出面，不然我無法抗衡他。」

德魯伊一次次試著調動「自然之心」，卻都以失敗告終。

哈尼看著昏迷的羅妮，又看了眼遠處的瑟爾，最後將羅妮交到德魯伊手中。

「麻煩幫我顧一下她！」

「等等。」德魯伊想要攔住這個小子，「你要去送死嗎？」

「我要去把薩蘭迪爾閣下拉出陣法中心！」

「就憑你是做不到的。」

「不試試怎麼知道呢，難道我們只能等著水神得逞嗎？」哈尼大喊回去。

「你說的對！」一道低沉的聲音在他們頭上響起。

哈尼錯愕地抬頭，看見一隻揮著翅膀的紅龍從遠處飛來，在他們頭頂盤旋。

巨龍的身形遠沒有被沃特蘭冰封的那隻龐大，但至少這也是一隻巨龍，而牠的嘴裡還叼著什麼。

「龍、龍……」哈尼結巴了。

「發什麼呆，僕人！」化作原型的雷德用巨龍魔法發聲道，「你要救精靈，就和我一起把這個瞬移法術卷軸扔給他。」

「雷德！」聽到熟悉的稱呼，哈尼下巴都掉到了地上。

「動作真慢。」

雷德卻已經不耐煩了，一爪撈起哈尼，把他扔到自己的背上，同時將傳送卷軸遞到他手裡。

「聽著，在我飛到那個該死的陣法上空的時候，你就把卷軸扔過去給精靈。」

哈尼緊緊抱著巨龍的一枚鱗片。

「我……我扔不準，我沒騎過龍！」

「我也沒被人騎過！」雷德沒好氣道，「你只要扔就是了，剩下的精靈自己會想辦法。」

「可是這是神明布下的陣法，瞬移卷軸能起到作用嗎？」哈尼擔憂道。

雷德想起出發前黑袍法師的囑咐。

『以防萬一。』伯西恩說，『如果瑟爾被困住了，你就想辦法把這個交給他。』

「不靈的話，你去找那個黑心眼法師算帳，是他的卷軸！」雷德已經衝向陣法中心了，「準備好了！」

哈尼緊緊抱著龍的脖子。

「啊啊啊啊！」

沃特蘭當然不會沒注意到這兩個突然闖進來的小傢伙，只是他不以為意。

「看見了沒，瑟爾？總是有人願意為你送命。」他道，「雖然在我計畫之外，不過多兩個祭品也沒什麼不好。」

瑟爾冰冷的銀眸看向他。

「你要用這個陣法救赫菲斯。」精靈終於明白過來了，「就算成功，你覺得赫菲斯醒來後會感謝你嗎？」

「我不需要他感謝，我只要他活著！」沃特蘭激動道，「而不是成為該死的以利的傀儡，為這個世界白白獻出生命！」

「你是什麼意思？」聽到他再次提起以利，瑟爾忍不住追問。

「你已經沒必要知道了。」沃特蘭冷漠地說，對天空中盤旋落下的雷德舉起手。

瑟爾緊緊握住長劍，就在他準備直接向以利求助時，一道破空而來的箭矢打斷了沃特蘭的動作。

「你怎麼那麼狼狽，前王儲閣下？」風中，有人調笑地道：「上次打那個混血惡魔時，你可是一招就把對方趕跑了。」

「蒙特？」

瑟爾驚訝地看著意料之外的援兵，彷若從天而降的半精靈們靈活地在山間跳躍，不斷打斷沃特蘭的施法動作。

「你們怎麼到這裡來了！」

「這件事以後再說，先把你救出去。喂，紅龍小子，你可以把人扔下去了。」半精靈蒙特對著空中喊道。

「你說什麼，為什麼要把我一起扔下去！」哈尼抗議。

「那樣比較重一點，能扔準一點。」

雷德聽了，真的把哈尼連同卷軸一起拋了下去。

沃特蘭試圖阻止，卻被半精靈們屢次騷擾。

「可惡。」他被羅莉娜的身軀所限，根本無法發揮自己全部的實力，「區區幾個半精靈。如果不是這具人類的軀體太過沒用，我怎麼會……」

此時，瑟爾已經穩穩接住了哈尼。

他將少年放到一邊，接過他手中的卷軸。

「你也曾是個人類，沃特蘭。」精靈握起卷軸，往水神看去，「看來一百五十多年養尊處優的生活，已經把你改變了太多。」

「你以為那個卷軸會起作用？」沃特蘭嘲笑道，「在我的領域裡，人類法師的法術怎麼可能會有用？」

神術和法術是相互克制的，當其中一種力量遠超於對方時，另一方就無法發揮功效。

瑟爾卻說：「那總要試試才知道。」

他拉開了卷軸。

令沃特蘭意外的是，瞬移法術竟然起作用了！只見白光閃現，瑟爾的身影開始變得模糊，地上紅色的紋路似乎不甘心放過獵物，還想要纏住瑟爾。

然而，在越來越亮的白色光芒之下，瑟爾從原地消失。

當他下一次出現，是在沃特蘭身前。

精靈握起長劍，直指這位老朋友。

「現在，讓我們來算一算總帳。」

†††

「敵人遠比我們想像得多！」激戰之中，維多利安對身後吼道。

「法師，你還能堅持多久？」

「遠比你想像得久。」

揮杖擊出一道火牆，伯西恩看著穿著重甲的人類士兵在高溫變形的盔甲中被烤成焦炭。

有時候，法術不在於多高深，只需要你運用得巧妙。

伊馮則帶領著聖騎士們與獸人作戰。

按照光明教會與大陸各人類國家的約定，他們不能干預各國的內政，不能插手內戰。因此，都伊聖騎士們不能和敵人之中的人類士兵動手，只能與獸人交戰。這顯然限制了他們，畢竟對方的人類士兵可沒有這條破規矩。

伯西恩看在眼裡，在心裡嘲笑光明神惺惺作態的仁慈，淨是害了他這些忠心的聖騎士們。

他又想到瑟爾，不知道那邊情況如何了。

法師又刷起一道火牆，開始他的烤肉生涯。

†††

蒙特已經不是第一次見到薩蘭迪爾與敵人作戰了。上一次，精靈的對手是一位強大的混血惡魔，而這一次他的敵人是神明。

半精靈們看著瑟爾與沃特蘭彼此周旋，他們每過一處便有一處雪山崩塌。大地在顫抖，天空在低鳴，這種層級的戰鬥，早就不是一般人所能干預的。

「他真的還是一個普通的精靈嗎？」蒙特問。

雷德把獸人德魯伊和哈尼都叼到了安全地帶，化作人形。

「我早就懷疑他不是了。」紅龍少年說，「他肯定是某個惡魔領主變的，否則怎麼會這麼強。」

此時，沃特蘭的一個神術擊中瑟爾，讓精靈狠狠摔得滿嘴泥。

「你為什麼不猜他是神明呢？」哈尼問。

雷德對天翻了一個白眼。

瑟爾爬起身，用長劍將沃特蘭狠狠擊飛出去，力道大得將對面的山體擊出一道狹長的裂痕。

然後精靈一腳踩在沃特蘭臉上，用力碾了碾。

「還你的。」

沃特蘭氣得臉色緋紅。

雷德看著這一幕道：「雖然我沒見過幾個神明，但絕對不是他這樣的。」

哈尼想起沃特蘭的所作所為，又問：「神一定是仁愛世人嗎？他們會不會也有自己的私欲？還是說水神比較特殊，因為他成神之前是個人類。」

德魯伊見他們有越談越禁忌的趨勢，連忙阻止：「我們還是不要妄議神明，那是不敬。」

「是嗎？」半精靈蒙特笑道，「可是我們眼前就有個傢伙正在大不敬啊。」

說話間，瑟爾又一腳將沃特蘭踹飛。

直到最後，他們倆都沒有使用神力，而是純粹的肉搏。

沃特蘭借用的畢竟是女性的身體，在這一點上就吃了大虧。在又一次被瑟爾踢飛後，化身降臨的水神低喝道：「我可以不用你做祭品，我們可以合作。」

「誰要和你合作？」瑟爾冷笑。

沃特蘭耐心道：「我會將生命祭祀剩餘的力量都給你，你可以憑此登上神位。」

「我不想做什麼神。」瑟爾說，「活三百多歲已經夠不耐煩了。」

一想到要重複過著同樣的日子，永無止盡，瑟爾簡直就要發瘋了。長生有那麼好嗎？

沃特蘭一愣，苦笑：「是啊，長生是一種折磨，成為神明更是一場酷刑。」

瑟爾聽不懂他的意思，沃特蘭卻已經轉移了話題。

「我承認，現在使用的這具軀體不是你的對手，但是你被圍困在白薔薇城的那些同伴呢？」水神看向精靈，如意地見到對方臉色大變，「你在這裡一味與我戰鬥，就不顧他們死活嗎？」

†††

「這些獸人皮糙肉厚，還沒完沒了。」

一劍擊飛一個獸人後，艾迪抱怨道：「不使用神術，我的劍根本穿不過他們的皮毛！」

「那是你的劍太鈍了。」伊馮說，「你是否有天天保養武器，艾迪？」

沒想到會在這時候被隊長抓包，艾迪連忙轉頭衝向別處戰場。伊馮的視線則順著他移動到在高處的法師身上。

伯西恩是他們守城方的中堅力量，正是有這一位法師的存在，人數遠少於對方的他們才能堅持到現在。只是，他還可以施展幾個法術？

每一位法師在一天之內能使用的法術是有限制的。法師們所施展的法術受他們的精神力所限，一位合格的法師會在清晨時冥想，將自己今日準備使用的法術刻印在神識之中。

精神力越強大的法師，能刻印的法術越多。

從專業上來講，人們將這些可以刻印法術的位置稱為法術位。每一位法師的法術位都是不同的，一旦用完了全部的法術，只有在第二日凌晨才可以重新刻印。

在那之前，法師就要任人宰割了。

伯西恩已經戰鬥很久了，伊馮想，他的法術一定所剩無幾。

事實上不僅是他，敵人也是這麼想的。

「先拿下那個法師！」叛軍陣營中的一個頭目叫道，「他一定沒有餘力了！」

叛軍士兵們聽從指揮，齊齊朝伯西恩包圍而去。

伯西恩嘲諷地勾起唇角。

「還是第一次有人把我當成軟柿子捏。」

他黑色的眼睛泛起冷意，「那邊那個，幫我抵擋住十息。」

被點名的維多利安一愣，可是見到法師已經閉目冥想了，只能從命。

幸好維多利安是一位出色的騎士，短時間內以一敵十還是不在話下。可隨著人數越來越多，他也有些吃不消了，維多利安正想問身後的法師準備好了沒有時，就聽到一聲聲響。

「退開！」

維多利安下意識就往一邊滾去，事實證明這個動作救了他一命。就在他朝側邊俯倒的瞬間，原來所在位置的地面裂開一道細縫，這道細縫越向前越大，直到最後在蒼白的大地上露出一道可怕的深淵。

原本處在深淵位置上的敵方士兵們嚎叫著掉了下去，嚎叫聲越來越遠，卻沒有聽到任何落地的響聲。

大地在轟鳴，似乎深淵之下潛藏著某隻可怕的巨獸，窺視人間。

艾迪摸著手臂退到一邊。

「雖然我不是很懂法師，但是這種水準的應該不多見吧」。」

伊馮看著大地上那道觸目驚心的傷痕。

「鳳毛麟角。」

伯西恩在這邊造成的動靜，連遠處的峽谷深處也聽到了響聲。這一回，輪到沃特蘭的臉色變了。

瑟爾微微一笑。

「真是意外，你的獸人隊伍裡竟然有這一位出色的法師。」

沃特蘭知道他是在嘲諷，臉色更難看了一些。

「你會後悔的，瑟爾。如果有一天你也面臨像我這樣的抉擇，你就會後悔今天阻止了我。」

沃特蘭已經意識到今天大概要功敗垂成了。

他退後一步，地上紅色的陣法紋路開始消退。他取回了赫菲斯的肉身，自己過度使用的這具身體卻開始七竅流血。

「我不會放棄的。」沃特蘭眼睛赤紅地流著血，「永遠不會！」

赫菲斯的身軀消失了，羅莉娜夫人的軀殼也失力地掉了下來。一個人影衝上前，穩穩將她接住。

「羅妮姊姊！」

少女美麗的紫羅蘭長髮沾滿了汙泥，很是狼狽。她身上還有傷，卻揹起自己生死不知的母親，看向精靈。

「能不能放過她？」

瑟爾靜靜看了她好一會兒。

那一瞬，他在這個少女身上看到了故人的身影。

如果說哈尼繼承了南妮的善良，那羅妮繼承的則是南妮的堅毅。本來打算斬草除根的精靈又一次心軟了。

精靈最後道：「如果妳能保證她再不作亂。」

羅妮向他深深一鞠躬，便揹著自己的母親深一腳淺一腳地踏著積雪離開。哈尼想要上前，卻被德魯伊攔住了。

「讓她走吧。」德魯伊道，「待在這裡，她的自尊會支離破碎。」

利西貝坦家族一朝盡毀，她所擁有的，和想要守護的一切都不復存在。對於羅妮來說，大概沒有比這個更殘酷的事了。

少女的身影消失在漫目飛雪之中。

「我要回城裡一趟。」瑟爾走了過來，「讓雷德載著你們和這些人一起離開。」

精靈指著沃特蘭留下的陣法裡，那些逐漸甦醒的人們。

紅龍迪雷爾赫然在其中，光明教會大主教也在，還有一些其他人，卻唯獨不見預言師奧利維。

這讓瑟爾的心情有些煩亂，他又惦記著白薔薇城的戰況，實在沒有心思多待。

雷德上前不斷拱著迪雷爾，卻不見對方甦醒，不由得煩躁道：「我才不管他們，迪雷爾叔叔不醒，我就哪裡都不去。」

瑟爾目光一冷。

哈尼看見，連忙上去堵住雷德的嘴巴。

「我們一定會把所有人都帶回去！薩蘭迪爾閣下，您就放心地去吧。」

瑟爾掃了哈尼和被他拉住的雷德一眼。紅龍少年滿臉不滿，卻在哈尼耐心的勸說下逐漸平靜下來。

「你雖然不適合成為一名騎士，」精靈離開前說，「但你說不定可以成為一名龍騎士。」

哈尼只能苦笑。

「他說什麼？」剛開了一會兒小差的雷德回頭問。

哈尼說：「沒什麼。他誇我們感情真好。」

「誰和你感情好了，你只是我的僕人。」

「是是是。」

瑟爾不知道自己再次回到白薔薇城時會看到怎樣的場景。

他不願也不敢想像，只怕重蹈覆轍。然而他怎麼也沒想到，自己匆匆趕到時，看到的會是這樣的場面。

都伊的聖騎士們正在清剿殘餘的獸人，王國自衛隊和薔薇騎士團在某個黑袍法師的指揮下，將叛軍一個個趕下深淵裂口。一旦有叛軍突出重圍，他們就把對方再趕回去，看起來像在玩某個名為「打地鼠」的異次元遊戲。

注意到突然出現的精靈，伯西恩抬起頭，黑眸與銀眸彼此相望。

法師掀起嘴角，神色傲然。

「看啊。」他說，指著身後完好無損的城牆，「白薔薇城，我幫你守下了。」

那一瞬間，曾經支配了瑟爾一百多年的噩夢，砰然碎裂。

†未完待續†

光與暗之詩小課堂

Q 精靈和獸人是不同物種，有生殖隔離嗎？

A 精靈和獸人都是類人生物。

傳說，人類是按照神明的模樣創造的，擁有最相似神明的外形。

而精靈與獸人也是在神明模樣的基礎上，加上了各自神明的創造，

但本源都是一樣的，所以類人生物之間可以繁衍後代。

混血兒有機會繼承雙方的種族優勢，也有機會繼承劣勢，

比如：一個害怕血肉（精靈的特徵）卻必須食肉（獸人的特徵）

的混血兒。

高寶書版集團
gobooks.com.tw

BL075

光與暗之詩 第二卷 薔薇與騎士

作　　者　YY的劣跡
插　　畫　Gene
責任編輯　陳凱筠
封面設計　林鈞儀
排　　版　彭立瑋
企　　劃　黃子晏

發 行 人　朱凱蕾
出　　版　三日月書版股份有限公司
Printed in Taiwan
地　　址　臺北市內湖區洲子街88號3樓
網　　址　www.gobooks.com.tw
電　　話　(02) 27992788
電　　郵　readers@gobooks.com.tw（讀者服務部）
pr@gobooks.com.tw（公關諮詢部）
傳　　真　出版部　(02) 27990909　行銷部 (02) 27993088
郵政劃撥　50404557
戶　　名　英屬維京群島商高寶國際有限公司臺灣分公司
發　　行　英屬維京群島商高寶國際有限公司臺灣分公司
Global Group Holdings, Ltd.
初版日期　2023年2月

本著作物《神印》，作者：YY的劣跡，由北京晉江原創網絡科技有限公司授權出版。

國家圖書館出版品預行編目(CIP)資料

光與暗之詩. 第二卷, 薔薇與騎士 / YY的劣跡著.--
初版. -- 臺北市：三日月書版股份有限公司出版：
英屬維京群島商高寶國際有限公司臺灣分公司發
行, 2023.02-
冊；　公分. --

ISBN 978-626-7152-49-2(第2冊：平裝)

857.7　　111020510

三日月書版

三日月書版